दो अंकी हिंदी नाटक

पर्दा गिरने से पहले

लेखक - दिलीप लोकरे

E - 36, सुदामानगर,
इंदौर, मध्यप्रदेश, 452009

पूज्य मां
स्व. आशालता
व पिता
स्व. श्री बालकृष्ण
को समर्पित

पात्र-परिचय

1. **शरद देशमुख**: "रंगस्पर्श" नाट्य संस्था के अध्यक्ष और वयोवृद्ध मुख्य अभिनेता। रंगमंच के प्रति समर्पित, लेकिन स्मृति-लोप (भूलने की बीमारी) से जूझ रहे हैं।
2. **सुमित्रा**: शरद की पत्नी। पैंतीस वर्षों तक एक कलाकार की उपेक्षा और घर की ज़िम्मेदारियों को चुपचाप संभालने वाली दृढ़ महिला।
3. **रोहन**: शरद और सुमित्रा का बेटा। पिता के रंगमंच के पागलपन के कारण बचपन में उपेक्षित रहने से मन में आक्रोश पाले हुए है।
4. **माधवी राणे**: शरद के अतीत की मुख्य अभिनेत्री और पूर्व प्रेमिका। अब एक गरिमामयी वृद्ध महिला, जो शायद अंतिम विदाई लेने आई है।
5. **प्रकाश गोखले**: संस्था के कोषाध्यक्ष और शरद के तीस साल पुराने साथी, जो पर्दे के पीछे की उपेक्षा से आहत होकर गलत रास्ता चुन लेते हैं।
6. **विक्रम**: संस्था का एक वरिष्ठ कलाकार, जो शरद का शिष्य है किन्तु अब उसके स्वास्थ्यगत कारणों से संस्था के भविष्य के लिए नया नेतृत्व चाहता है।
7. **नेहा**: संस्था की एक समर्पित युवा निर्देशिका/कलाकार, जो शरद की कलात्मक विरासत का सम्मान करती है।
8. **बबन**: संस्था का पुराना वफ़ादार नेपथ्य सहायक (बैकस्टेज मैनेजर) और शरद का मुंह लगा, परछाईं जैसा साथी।
9. **अमेय,**
10. **शीतल,**
11. **माधव**: "रंगस्पर्श" संस्था के अन्य समकालीन कलाकार।

<u>पर्दा गिरने से पहले</u>

अंक – १

दृश्य – १

स्थान : "रंगस्पर्श" नाट्य संस्था का जर्जर रिहर्सल हॉल।

(पर्दा खुलता है। मंच पर एक पुराना, धूल भरा सभागार। दीवारों पर पुराने नाटकों के फीके पड़ चुके पोस्टर। एक कोने में टूटा-फूटा सेट। एक टूटी हुई कुर्सी। बीच में एक टेबल। टेबल पर स्क्रिप्ट, चश्मा, दवाइयों की बोतलें, पानी की बोतल और पुराने नाटकों की तस्वीरें रखी हैं।)

(मंद प्रकाश।)

(बबन मोहिते हाथ में हथौड़ा लिए एक टूटा हुआ फ्लैट ठीक कर रहा है।)

बबन :

(अपने आप से)

अरे भगवान... ये सेट नहीं है... ये तो पुरातत्व विभाग की संपत्ति है।

कल दीवार गिरी... आज खिड़की गिरी... कल कोई कलाकार गिर जाएँ तो भी हैरानी नहीं होगी।

(प्रकाश गोखले जल्दी-जल्दी प्रवेश करता है।)

प्रकाश :

बबन!

बबन :

क्या?

प्रकाश :

सभागृह वालों का फोन आया था।

बबन :

फिर से?

प्रकाश :

हाँ।

बबन :

क्या कह रहे थे?

प्रकाश :

अपना सम्मान करना चाहते हैं। [*व्यंग्य से*] झूठ बोलने के लिए लाइफटाइम अचीवमेंट अवार्ड देना चाहते हैं .... क्या

कह रहे थे ..... अबे बोल रहे थे "पहले उधार चुकाइए... फिर तारीखें लीजिए।"

बबन :

(हँसते हुए)

मतलब मुहब्बत अभी भी कायम है।

प्रकाश :

कैसी मोहब्बत ?

बबन :

हमारी और कर्ज़ की । [दोनों हंसते हैं]

(तभी शरद देशमुख प्रवेश करते हैं। हाथ में पुराना बैग। चलने में थकान। चेहरे पर तेज़ है, लेकिन शरीर कमजोर। पूरे हॉल को प्यार से देखते हैं।)

शरद :

क्या रे बबन ... अब ठीक हैं ना ?

बबन :

हाँ ... मोहब्बत के अलावा सब ठीक है

शरद :

मुहब्बत ??? खैर छोड़ ...अभी खड़ा तो है न अपना मंच ?

बबन :

हाँ ....मंच तो खड़ा है.... बस, खंभों को रिटायरमेंट चाहिए।

शरद :

(हँसते हुए)

अरे ...खंभे रिटायर हो गए तो छत मेरे सर पर रखेगा ? [हँसता है]

(बैठते हैं। टेबल पर रखी स्क्रिप्ट उठाते हैं।)

शरद :

बाकी लोग आए नहीं अभी?

प्रकाश :

आ रहे हैं। *(थोड़ा रुकता है।)* और हाँ... बिजली का बिल बाकी है।

शरद :

कितना?

प्रकाश :

अठारह हजार।

शरद :
(गहरी साँस) हूँ... सभागार?

प्रकाश :
छब्बीस हजार।

शरद :
हूँ... सेट?

प्रकाश :
कारीगर भी पैसे माँग ही रहा है।
(क्षण भर की चुप्पी।)

शरद :
हँ .... मांगने दो भाई ... मांगने दो । हम भी मांगेंगे किसी से

बबन :
शरदराव... अब बोलो , नाटक करना है या बैंक लूटनी है? *(हँसी।)*

शरद : *(हँसते हुए)* अरे, बैंक लूटने के लिए हिम्मत और साहस चाहिए..... लेकिन नाटक करने के लिए उससे भी ज़्यादा। *(शरद स्क्रिप्ट खोलते हैं।)* चलो... रिहर्सल शुरू करें।
(पन्ने पलटते हैं। अचानक उलझ जाते हैं। फिर से पलटते हैं। बेचैन हो जाते हैं।)

प्रकाश :
क्या हुआ?

शरद :
मेरा सीन ... कहाँ है?

बबन :
कहाँ मतलब?

शरद :
मेरी स्क्रिप्ट... ये नहीं है।
(प्रकाश स्क्रिप्ट देखता है।)

प्रकाश :
यही है।
(शरद फिर से पन्ने पलटते हैं।)

शरद :
नहीं... नहीं... मेरा वह अदालत वाला तीसरा दृश्य कहाँ गया?
(क्षण भर की असहज चुप्पी। बबन और प्रकाश एक-दूसरे को देखते हैं।)

प्रकाश :
शरदराव... वो पिछले नाटक में था। इस नाटक में नहीं है।
(शरद ठिठक जाते हैं। उन्हें अपनी भूल समझ में आती है।)

शरद :
अरे हाँ... हाँ...*(मुस्कुराने की कोशिश करते हुए)* भूल गया रे
(माहौल भारी हो जाता है। प्रकाश नज़रें फेर लेता है। बबन चुप खड़ा रहता है। शरद अनजाने में दवा की बोतल हाथ में लेते हैं। फिर टेबल पर रख देते हैं। दो क्षण बाद फिर उसी बोतल को खोजने लगते हैं। बबन चुपचाप बोतल उनके हाथ में दे देता है।)

शरद :
अं ... हाँ... धन्यवाद।
(बबन के चेहरे पर चिंता है। बाहर से कलाकारों के आने की आवाज़ें सुनाई देती हैं।)

अमेय : *(ऑफ स्टेज)*
अरे, बिजली चालू है या कट गई ?

विक्रम : *(ऑफ स्टेज)*
आज फिर देर हो गई।

शीतल : *(ऑफ स्टेज)*
मेरा कॉस्ट्यूम कहाँ है?
(सभी प्रवेश करते हैं। हॉल में फिर से चहल-पहल लौट आती है। शरद खड़े होते हैं। शरीर काँप रहा है, लेकिन आँखों में वही पुरानी चमक है।)

शरद :
सब कुछ सलामत है ....चलो दोस्तों... रिहर्सल शुरू करते हैं। देखो ...*(पूरे हॉल की ओर देखते हैं।)* हमारे पास पैसे कम होंगे...सुविधाएँ कम होंगी...दर्शक कम होंगे... लेकिन पागलपन ... पागलपन कम नहीं है। *(क्षण भर की चुप्पी।)* और जिस दिन ये पागलपन खत्म हो गया न...उस दिन रंगमंच की बिजली ज़रूर कट जाएगी ।
(प्रकाश धीरे-धीरे मंद होता है। सभी पात्र शरद की ओर देखते हुए खड़े हैं। दूर कहीं घंटी की आवाज़ सुनाई देती है।)

ब्लैकआउट।

दृश्य समाप्त।

अंक – १

दृश्य –२

स्थान :

रिहर्सल हॉल।

(रिहर्सल समाप्त हो चुकी है। रात के साढ़े दस बजे हैं। मंच पर हल्का पीला प्रकाश। अधिकांश कलाकार जा चुके हैं। एक कोने में कुर्सियों का घेरा। विक्रम, शीतल, अमेय और प्रकाश बैठे हैं। टेबल पर चाय के खाली गिलास रखे हैं। दूर से शरद की आवाज़ सुनाई देती है। वे बबन से बात कर रहे हैं, लेकिन बातचीत साफ़ सुनाई नहीं देती।)

विक्रम : *(तिरछी नज़र डालते हुए)* देखा तुम लोगों ने? आज फिर डायलॉग में गड़बड़ा गए।

अमेय :

आज? अरे सिर्फ आज नहीं। पिछले एक महीने से यही चल रहा है।

शीतल : *(सावधानी से)* लेकिन ये उम्र की वजह से भी हो सकता है।

विक्रम :

तो मान लेना चाहिए न। उम्र हो गई है। अब उन्हें आराम करना चाहिए। संस्था को नए नेतृत्व की ज़रूरत है।

प्रकाश : *(धीरे से)* इतना आसान नहीं है। संस्था के हर कागज़ पर उनकी ही दस्तखत हैं। बैंक का खाता उनके नाम पर है। सभागार वाले उन्हें ही जानते हैं। और उससे भी बढ़कर... उनके भीतर एक जुनून है, एक ज़िद है, एक तड़प है।

अमेय :

तो ये संस्था है या जागीर? और सिर्फ जुनून , ज़िद और तड़प से संस्था नहीं चल सकती । पैसा भी चाहिए

विक्रम : *(कड़वी मुस्कान के साथ)* हम सब कलाकार यहाँ हैं... लेकिन संस्था एक आदमी की परछाईं में फँसी हुई है।

(क्षणभर की चुप्पी।)

शीतल : विक्रम... एक बात बताओ ?

विक्रम : क्या?

शीतल : तुम्हें संस्था चाहिए... या शरद की कुर्सी?

विक्रम : *(चौंककर)* क्या मतलब है तुम्हारा?

शीतल : जो मुझे लगता है वही। तुम उनके स्थान पर बैठने का इंतज़ार कर रहे हो।

विक्रम : *(खड़ा हो जाता है)* गलत! मैंने चालीस साल यहाँ बिताए हैं। मंच बनाया है। टिकट बेचे हैं। नाटक के लिए अपनी गाड़ी तक

बेच दी थी। आज संस्था कहाँ है? कर्ज़ में। और फिर भी हर फैसला कौन लेता है? शरद देशमुख।

(तनावपूर्ण विराम।)

अमेय : और दर्शक? दर्शक कहाँ हैं? आज की पीढ़ी को नाटक देखने लाने के लिए हम क्या कर रहें हैं ? वही पुराने विषय। वही पुराने नाटक। वही पुराने संवाद। *(व्यंग्य से)* और फिर कहते हैं "आजकल की पीढ़ी बिगड़ गई है।" " उसे नाटक की समझ नहीं है "

(शीतल उसकी ओर देखती है।)

शीतल : और तुम्हें क्या लगता है? तुम आ जाओगे तो सब बदल जाएगा?

अमेय : कम से कम कोशिश तो करेंगे ।

(तभी प्रकाश इधर-उधर देखता है।)

प्रकाश : धीरे बोलो। कोई सुन लेगा।

विक्रम : सुनने दो न । एक दिन सबको पता चल ही जाएगा। *(रुकता है।)* मैं अगली कार्यकारिणी की बैठक में प्रस्ताव रखने वाला हूँ।

शीतल : कौन सा प्रस्ताव?

विक्रम : कि शरद देशमुख संस्था के अध्यक्ष पद से हट जाएँ।

(सन्नाटा।)

शीतल : तुम पागल हो गए हो क्या? संस्था टूट जाएगी।

प्रकाश : और अगर वे मानने को तैयार नहीं हुए तो?

विक्रम : *(ठंडे स्वर में)* तो उन्हें तैयार करना पड़ेगा।

(प्रकाश और अमेय एक-दूसरे को देखते हैं।)

अमेय : कैसे?

विक्रम : उनकी गलतियाँ सबके सामने लाकर। उन्हें खुद महसूस होगा... कि अब समय खत्म हो रहा है।

(उसी क्षण बाहर कुछ गिरने की आवाज़ आती है। सभी चौंक जाते हैं। बबन प्रवेश करता है। हाथ में एक फाइल है।)

बबन : वाह! मंत्रिमंडल की गुप्त बैठक चल रही है।

(कोई कुछ नहीं बोलता।)

बबन : क्या बात है? कितने सांसद , कितने विधायक पाला बदल रहे हैं ? सरकार गिर रही है या संस्था?

(कोई नहीं हँसता।)

बबन : *(गंभीर होकर)* संभलकर खेलो दोस्तों। मंच पर जब पर्दा उठता है तो दर्शक दिखाई देते हैं। लेकिन पर्दा गिरने के बाद हमें एक दूसरे को ही देखना है ।

(सब चुप। बबन बाहर चला जाता है। क्षणभर की चुप्पी। दूर से शरद की खाँसी सुनाई देती है। सबका ध्यान उधर चला जाता है।)

प्रकाश : *(धीरे से)* अगर कुछ हो गया तो?

विक्रम : *(क्षणभर नरम पड़ता है)* मैं नहीं चाहता कि उनका बुरा हो। *(रुकता है।)* लेकिन संस्था किसी एक आदमी के साथ तो मर नहीं जानी चाहिए।

(दूर से फिर शरद की आवाज़ सुनाई देती है।)

शरद की आवाज़ : "बबन... मैंने अपना बैग कहाँ रखा था?"

(सभी एक-दूसरे को देखते हैं। कुछ क्षण के लिए किसी के चेहरे पर कोई जवाब नहीं है। प्रकाश धीरे-धीरे मंद पड़ता है।)

ब्लैकआउट।

दृश्य समाप्त।

अंक 1

दृश्य 3

स्थान: वही रिहर्सल हॉल।

समय: अगले दिन शाम।

(मंच पर अफरा-तफरी का माहौल। सेट आधा तैयार है। एक तरफ पोस्टर, कुर्सियों पर कॉस्ट्यूम, मोबाइल की घंटियाँ, कागज़ों का ढेर। मंच के बीचोंबीच शरद हाथ में डायरी, कंधे पर बैग। एक हाथ में मोबाइल, दूसरे में स्क्रिप्ट। पसीने से तर-बतर।)

शरद :

(मोबाइल पर) हैलो... कदम प्रिंटर्स? हाँ... पोस्टर तैयार हो गए क्या?... क्या?... कल? अरे परसों तो शो है!... अच्छा... ठीक है, करिए।

(फोन रखता है। दूसरा फोन लगाता है।)

हैलो... देशपांडे सर? दो विज्ञापन मिल सकते हैं क्या?... नहीं-नहीं... आधे पेज का भी चलेगा... धन्यवाद।

(फोन रखता है। खुद से।)

एक विज्ञापन मिल गया... अब तीन और चाहिए।

(तभी बबन प्रवेश करता है।)

बबन : शरदराव... जगन कह रहा है पैसे दिए बिना सेट नहीं देगा।

शरद : कितने?

बबन : पाँच हजार।

शरद : *(जेब टटोलते हुए)* अभी तीन हैं। उससे कहो कल दे दूँगा।

बबन : कल भी यही कहा था।

शरद : तो आज फिर से कह दो।

(हल्की हँसी। तभी अमेय प्रवेश करता है।)

अमेय : शरद काका, मेरे रोल में अभी भी कुछ बदलाव चाहिए।

शरद : अभी?

अमेय : हाँ। कल भी बताया था।

शरद : *(डायरी में कुछ लिखते हुए)* ठीक है, रिहर्सल के बाद बैठते हैं।

अमेय : रिहर्सल के बाद मेरे पास टाइम नहीं है। शूटिंग है।

(वह चला जाता है। शरद कुछ पल उसे देखता रहता है। तभी शीतल प्रवेश करती है।)

शीतल : मेरा कॉस्ट्यूम अभी तक नहीं आया।

शरद : ऑर्डर दे दिया है। कल आ जाएगा।

शीतल : मुझे कल दूसरे नाटक की रिहर्सल है। आज ट्रायल चाहिए था।

(वह भी चली जाती है। शरद बस उसे जाते हुए देखता रह जाता है। तभी प्रकाश भागता हुआ प्रवेश करता है।)

प्रकाश : शरदराव! बड़ी परेशानी हो गई।

शरद : अब क्या हुआ?

प्रकाश : लाइट वाला भी कह रहा है पहले भुगतान करो।

शरद : इन्हें हो क्या गया है ? अरे मैं कोई अमित लोधी नहीं जो बैंक का पैसा डुबो कर विदेश भाग रहा भाई..... उससे कहो शो के बाद दे देंगे।

प्रकाश :वो कह रहा है पिछली बार का भी बाकी है।

(क्षणभर सन्नाटा। सभी अपने-अपने काम से आए हैं, लेकिन कोई शरद की मदद नहीं कर रहा। तभी विक्रम प्रवेश करता है।)

विक्रम : रिहर्सल शुरू हुई क्या?

शरद : नहीं। सब लोग अभी तक नहीं आए।

विक्रम : तो मेरा समय बर्बाद मत कीजिए। *(घड़ी देखता है।)* मैं सात बजे से यहाँ हूँ। *(बैठ जाता है।)*

शरद : *(संयम से)* विक्रम... तुम कलाकारों को फोन कर दोगे? कोई फोन तो कोई नहीं उठा रहा।

विक्रम :*(सीधे)* वो काम बबन का है। मेरा नहीं।

(सन्नाटा। दूर खड़ा बबन सब देख रहा है। शरद मुस्कुराने की कोशिश करता है।)

शरद : ठीक है... मैं कर लेता हूँ।

(वह एक-एक कर फोन लगाने लगता है।)

1 -कहाँ हो?...ट्रेफिक में ? कल भी फंसे थे

2- आ रहा हूँ मतलब कितनी देर?...अरे मोड़ पर ही हूँ तो कल भी कहा था . आधे घंटे बाद आए थे

3- अरे रिहर्सल शुरू है...

4-हाँ... तो ...तुम्हारे लिए हेलिकोप्टर भेजूं

5-ठीक है।

(फोन रखता है। अचानक उसे चक्कर आता है। वह कुर्सी पकड़ लेता है। कुछ पल के लिए संतुलन बिगड़ जाता है।)

बबन : *(दौड़कर आता है)* शरदराव!

(सबकी नज़र उसकी तरफ जाती है।)

शरद : कुछ नहीं... कुछ नहीं... शायद शुगर नीचे चली गई है।

(दवा ढूँढ़ने लगता है। बैग खोलता है। दवा नहीं मिलती। बेचैन हो जाता है।)

बबन : क्या ढूँढ़ रहे हैं?

शरद : गोली... गोली कहाँ रखी?

(घबराकर पूरा बैग उलट देता है। तभी बबन शांत भाव से उसके शर्ट की जेब की ओर इशारा करता है।)

बबन : यहाँ है।

(शरद ठिठक जाता है। गोली उसकी अपनी जेब में होती है। सभी चुप। शरद के चेहरे पर शर्म, दर्द और असहायता साफ दिखाई देती है। वह गोली खाता है। पानी पीता है। मंच पर कुछ पल पूरी खामोशी। फिर बहुत धीमे स्वर मे *)*

शरद : नाटक की भूमिका सबको दिखाई देती है लेकिन पर्दे के पीछे कुछ भूमिकाएँ ऐसी भी होती हैं...जिन्हें कोई नहीं देखता लेकिन उसे निभाने वाले भी तो चाहिए । यहाँ उन्हें एक ही आदमी को निभाना पड़ता है।

(कोई कुछ नहीं बोलता। शरद फिर से अपनी डायरी उठाता है। जैसे कुछ हुआ ही न हो। फिर काम में लग जाता है। बबन चिंतित नज़रों से उसे देखता रहता है। प्रकाश धीरे-धीरे मंद पड़ता है।)

ब्लैकआउट।

दृश्य समाप्त।

अंक 1

दृश्य 5

स्थान: "रंगस्पर्श" नाट्य संस्था का कार्यालय।

(शाम का समय। बीच में एक बड़ा टेबल। चारों ओर प्लास्टिक की कुर्सियाँ। दीवार पर संस्था का बोर्ड और पुराने नाटकों की तस्वीरें लगी हैं। कार्यकारिणी की बैठक शुरू होने वाली है। मंच पर रोशनी। प्रकाश गोखले कागज़ व्यवस्थित कर रहा है। विक्रम, शीतल और अमेय बैठे हैं। बबन एक कोने में है। माहौल गंभीर है। तभी शरद प्रवेश करता है। हाथ में फाइल है। चेहरे पर थकान है, लेकिन हमेशा की तरह मुस्कुराने की कोशिश करता है।(

शरद :
चलो... शुरू करते हैं।

(सब बैठ जाते हैं।)

प्रकाश : पहला मुद्दा हॉल का बकाया—छब्बीस हजार। सेट का खर्च—सत्रह हजार। लाइट और साउंड—ग्यारह हजार।

(खामोशी।)

शरद : इंतज़ाम हो जाएगा। हमेशा की तरह।

अमेय : *(तंज़ भरे स्वर में)* कैसे? फिर उधार लेकर? फिर चंदा माँगकर? फिर किसी के निजी कर्ज़ से?

(शरद उसकी तरफ देखता है।)

शरद : नाटक चलते रहना चाहिए बेटा, बाकी बातें बाद में देख लेंगे।

अमेय : *(गुस्से में)* इसी सोच से तो संस्था आज इस हालत में पहुँची है!

(तनाव बढ़ जाता है।)

शीतल : अमेय... बैठक में बात करो। झगड़ा मत करो।

विक्रम : नहीं, उसे बोलने दो। आज सबको बोलना चाहिए।

(कुछ पल की चुप्पी। विक्रम उठता है और धीरे-धीरे टेबल के चारों ओर चलता है।)

विक्रम : शरद जी... एक सवाल पूछूँ?

शरद : पूछो।

विक्रम : आपको इस संस्था के अगले दस साल कैसे दिखाई देते हैं?

(शरद थोड़ा उलझ जाता है।)

शरद : मतलब?

विक्रम : आपके बाद?

(मंच पर सन्नाटा। बबन नज़र उठाता है। शीतल असहज हो जाती है।)

शरद : संस्था चलती रहेगी।

विक्रम : कैसे? कौन चलाएगा? क्या योजना है?

(शरद जवाब खोजने की कोशिश करता है।)

शरद : जब सही समय आएगा, तय कर लेंगे।

विक्रम : क्या वो समय अभी नहीं आ गया?

(तनाव और बढ़ता है।)

अमेय : मेरे हिसाब से आ गया है।

(शरद उसकी ओर देखता है।)

अमेय : काका, बुरा मत मानिए... लेकिन सच यही है। आजकल आप संवाद भूल जाते हैं। बैठक की तारीखें भूल जाते हैं। फोन कहाँ रखा है, भूल जाते हैं। इतना ही नहीं, कई बार सिर पर रखा चश्मा भी ढूँढते रहते हैं। *(खामोशी।)*

शीतल : अमेय!

अमेय : क्या मैं झूठ बोल रहा हूँ?

(शरद के चेहरे पर गहरी चोट और पीड़ा दिखाई देती है।)

विक्रम : मुद्दा किसी व्यक्ति का नहीं है। संस्था के भविष्य का है। इसलिए मैं प्रस्ताव रखता हूँ ...."संस्था के अध्यक्ष पद के लिए नई चुनाव प्रक्रिया कराई जाए।"

(कुछ पल के लिए पूरा माहौल स्तब्ध हो जाता है।)

बबन : *(धीरे से)* बाप रे... लगता है अब असली नाटक शुरू हुआ है।

(कोई नहीं हँसता।)

शरद : *(शांत स्वर में)* मतलब?

विक्रम : बस इतना कि... आप मार्गदर्शक बने रहें। लेकिन जिम्मेदारी अब किसी और को संभालनी चाहिए।

(शरद कुछ देर कुछ नहीं बोलता। वह टेबल पर रखी संस्था की पुरानी तस्वीरों को देखता है। उनमें युवा चेहरे हैं, पुराने दिन हैं। फिर धीरे से बोलता है।)

शरद : जब यह संस्था शुरू हुई थी... तब इस कमरे में पाँच कुर्सियाँ भी नहीं थीं। *(रुकता है।)*
और आज... मुझे कहा जा रहा है कि मैं किनारे हो जाऊँ।
(लंबी चुप्पी। तभी दरवाज़े पर दस्तक होती है। सबका ध्यान उधर जाता है। नेहा प्रवेश करती है। उसके हाथ में एक बड़ा लिफाफा है।)
नेहा : माफ़ कीजिए। यह डाक से आया है। शरद सर के नाम।
(वह लिफाफा शरद को देती है। शरद चश्मा उतारकर उसे देखता है। अचानक उसके चेहरे का रंग बदल जाता है।)
शीतल : क्या हुआ?
(शरद कुछ नहीं बोलता।)
बबन : किसका पत्र है?
(लंबी खामोशी।)
शरद : *(बहुत धीमे स्वर में)* माधवी का ... माधवी राणे।
(पूरा मंच जैसे जम जाता है। शीतल और विक्रम एक-दूसरे को देखते हैं। प्रकाश हैरान है। बबन के चेहरे पर आश्चर्य है। अमेय यह नाम नहीं पहचानता।)
अमेय : कौन?
(कोई जवाब नहीं देता।शरद काँपते हाथों से लिफाफा खोलता है। अंदर एक पुरानी श्वेत-श्याम तस्वीर है। एक युवा शरद। उसके बगल में एक खूबसूरत युवा अभिनेत्री माधवी। तस्वीर के पीछे सिर्फ एक पंक्ति लिखी है ***"मैं आ रही हूँ। माधवी"*** *शरद के हाथ से तस्वीर नीचे गिर जाती है। रोशनी सिर्फ उस तस्वीर पर रह जाती है। दूर कहीं पुराने नाटक के संगीत की धुंधली धुन सुनाई देती है। रोशनी धीरे-धीरे मंद पड़ती जाती है।)*
ब्लैकआउट।
दृश्य समाप्त।

अंक 1
दृश्य 6
***स्थान**: रिहर्सल हॉल*
***समय**: अगले दिन शाम*
(रिहर्सल चल रही है। मंच पर नाटक के एक दृश्य की रिहर्सल हो रही है। ***अमेय*** *संवाद बोल रहा है।* ***शीतल*** *उसके साथ है।* ***शरद*** *निर्देशक की कुर्सी पर बैठे हैं। हाथ में स्क्रिप्ट है, लेकिन उनका ध्यान कहीं और है। वे बार-बार दरवाज़े की ओर देखते हैं।* ***बबन*** *यह देख रहा है।)*

बबन : *(धीरे से शरारत भरी आवाज़)* किसका इंतज़ार कर रहे हैं?

शरद : किसी का नहीं।

बबन : तो फिर हर पाँच मिनट में दरवाज़ा क्यों निहार रहे हो रहे हैं?

(शरद मुस्कुरा देता है। तभी रिहर्सल रुकती है।)

अमेय : शरद काका... आपने यह दृश्य फिर क्यों बदल दिया? कल तो कुछ और बताया था।

शरद : *(कुछ सोचते हुए)* मैंने? *(स्क्रिप्ट देखता है।)* हाँ... हाँ... शायद।

(अमेय परेशान हो जाता है।)

अमेय : शायद? अरे... आप रोज़ बदलाव करते हैं। हम आखिर क्या याद रखें?

(तनाव।)

विक्रम : अमेय... शांत रहो।

(लेकिन उसकी आवाज़ में भी नाराज़गी है।)

शरद : ठीक है। जैसा कल तय हुआ था, वैसा ही करेंगे।

(सन्नाटा। तभी बाहर किसी कार के रुकने की आवाज़ आती है। सबकी नज़र दरवाज़े की ओर जाती है। कुछ क्षण बाद दरवाज़ा धीरे से खुलता है। एक सुसंस्कृत, गरिमामयी वृद्ध महिला अंदर आती है। साधारण साड़ी। सफेद हो चुके बाल। आँखों में अद्भुत शांति।)

वह है - माधवी राणे।

(पूरा मंच कुछ क्षणों के लिए स्थिर हो जाता है। शरद अपनी कुर्सी से उठ खड़े होते हैं। जैसे समय तीस साल पीछे लौट गया हो।)

माधवी : *(हल्की मुस्कान के साथ)* नमस्कार।

(कोई कुछ नहीं बोलता।)

बबन : *(हैरानी से)* माधवी ताई?

(माधवी उसकी ओर देखती है।)

माधवी : अरे बबन? तुम अभी भी यहीं हो?

बबन : और आप... इतने सालों बाद?

(हल्की मुस्कान। लेकिन माहौल में बेचैनी है। विक्रम आगे आता है।)

विक्रम : नमस्कार। आपके बारे में बहुत सुना है।

माधवी : *(मुस्कुराकर)* मेरे बारे में... या अफ़वाहों के बारे में?

(क्षणभर की खामोशी। शीतल सोच में पड़ जाती है। अमेय को कुछ समझ नहीं आता। शरद अब भी मौन हैं। माधवी उनकी ओर देखती है। दोनों की नज़रें मिलती हैं। खामोशी।)

माधवी : कैसे हो?

शरद : *(धीरे से)* हूँ... अभी तक ठीक हूँ।

(क्षणभर रुककर।)

माधवी : मेरे आने की उम्मीद नहीं थी न?

शरद : तुम्हारा पत्र आया था, तब लगा था...लेकिन यक़ीन नहीं हुआ।

माधवी : मुझे भी नहीं।

(दोनों हल्का मुस्कुराते हैं। वह मुस्कान बाकी लोगों को समझ नहीं आती। वह अतीत की मुस्कान है। बबन माहौल समझ जाता है।)

बबन : चलो-चलो... हम लोग चाय लेकर आते हैं।

वह सबको साथ लेकर एक तरफ़ हट जाता है। मंच पर अब सिर्फ़ शरद और माधवी हैं। कुछ क्षण खामोशी। माधवी हॉल की ओर देखती है। दीवारों पर लगे पुराने पोस्टर। तस्वीरें। टूटा-फूटा सेट।

माधवी : कुछ भी नहीं बदला।

शरद : बहुत कुछ बदल गया।

माधवी : नहीं। तुम्हारा यह पागलपन अब भी वैसा ही है।

(खामोशी।)

शरद : और तुम?

माधवी : मैं बदल गई। बहुत।

(क्षणभर।)

शरद : फिर आई क्यों?

(माधवी उसकी ओर देखती है।)

माधवी : विदा लेने।

(शरद चौंक जाता है।)

शरद : कहाँ जा रही हो?

माधवी : मैं नहीं।...........लेकिन.... समय जा रहा है।

(खामोशी। शरद के चेहरे पर बेचैनी।)

माधवी : शरद... एक बात पूछूँ?

शरद : पूछो।

माधवी : क्या तुम खुश हो?

(शरद जवाब नहीं दे पाता।)

माधवी : मैंने तुम्हारे इंटरव्यू देखे। सम्मान समारोह देखे। तस्वीरें देखीं। लेकिन मेरे मन में हमेशा एक सवाल उठता था...क्या यह आदमी सचमुच खुश है?

(लंबी खामोशी।)

शरद : पता नहीं। और तुम ?

(पहली बार वह पूरी ईमानदारी से जवाब देता है।)

माधवी : मुझे भी नहीं पता।

दोनों मुस्कुरा देते हैं। उस मुस्कान में पूरी उम्र की कसक है। तभी शरद का मोबाइल बजता है। स्क्रीन पर नाम चमकता है ***"सुमित्रा"*** *माधवी की नज़र उस पर जाती है। शरद फोन की ओर देखता है, लेकिन उठाता नहीं।*

माधवी : उठाओ।.....कुछ रिश्तों को इंतज़ार नहीं करवाना चाहिए।

शरद उसकी ओर देखता है। माधवी की आवाज़ में बहुत कुछ छिपा है। शरद फोन उठा लेता है। माधवी धीरे-धीरे पीछे हटने लगती है। मंच के अँधेरे हिस्से में चली जाती है। शरद फोन पर बात कर रहा है।

शरद : हाँ... आता हूँ। आधे घंटे में पहुँचता हूँ।

फोन रखता है। सामने देखता है। माधवी वहाँ नहीं है। वह जा चुकी है। शरद अकेला खड़ा है। जैसे कोई पुराना सपना आकर फिर से खो गया हो। दूर से बबन की आवाज़ आती है।

बबन *(ऑफ स्टेज)* : चाय ठंडी हो रही है, शरदराव!

शरद चौंकता है। वर्तमान में लौट आता है।प्र काश धीरे-धीरे मंद होता है।

ब्लैकआउट।

दृश्य समाप्त।

अंक 1

दृश्य 7

स्थान: देशमुख परिवार का घर

समय: रात

सुमित्रा अकेली बैठी है। मेज़ पर चाय का कप रखा है। टीवी चल रहा है, लेकिन आवाज़ बंद है। घड़ी की टिक-टिक सुनाई दे रही है। वातावरण में बेचैन खामोशी है।दरवाज़े की घंटी बजती है।सुमित्रा दरवाज़ा खोलती है। सामने नेहा खड़ी है। हाथ में कुछ कागज़ हैं।

नेहा : काकू, नमस्ते।

सुमित्रा : आओ बेटा।

नेहा : शरद सर हैं क्या?

सुमित्रा : नहीं। रिहर्सल में होंगे। क्या काम था?

नेहा : ये स्क्रिप्ट में बदलाव हैं। कल देने थे। मैं पास में ही थी,इसलिए अभी आ गई।

(वह कागज़ मेज़ पर रख देती है।)

सुमित्रा : बैठो न। चाय पीकर जाना।

नेहा : नहीं काकू, देर हो जाएगी।

(वह जाने लगती है।)

सुमित्रा : नेहा... रिहर्सल कैसी चल रही है?

नेहा : अच्छी। बस...

(रुक जाती है।)

सुमित्रा : क्या?

नेहा : कुछ नहीं। सब लोग थोड़ा चिंता में हैं। शरद सर आजकल भूलते बहुत हैं ।

(क्षणभर।) और हाँ ... आज संस्था की एक पुरानी कलाकार आई थीं।

सुमित्रा : पुरानी कलाकार ? [*सजगता से*] कौन ?

नेहा : जी कोई माधवी राणे । आप तो जानती होगी ना उन्हें ?

सुमित्रा जैसे जड़ हो जाती है।पूरा मंच कुछ क्षणों के लिए मौन।नेहा को कुछ समझ नहीं आता।

नेहा : काकू?

सुमित्रा : *(मुस्कुराने की कोशिश करते हुए)* अच्छा?... फिर?

नेहा : कुछ नहीं। सब बहुत हैरान रह गए। बहुत सुन्दर हैं .....ठीक है, मैं चलती हूँ।

*नेहा चली जाती है।दरवाज़ा बंद होता है।सुमित्रा वहीं खड़ी रह जाती है। **"माधवी राणे."** यह नाम उसके भीतर गूंजता रहता है।प्रकाश थोड़ा मंद होता है।वह धीरे-धीरे किताबों की अलमारी की ओर बढ़ती है।पुरानी फाइलें। पुरानी डायरी। पुराने एल्बम।वह कुछ ढूँढ़ रही है। जैसे कोई पुराना बंद दरवाज़ा फिर खुल गया हो।कुछ देर खोजने के बाद उसे एक पुराना लोहे का डिब्बा मिलता है।धूल से ढका हुआ।वह उसे खोलती है।अंदर पुराने फोटो। कार्यक्रम पत्रिकाएँ। अख़बारों की कतरनें। और... एक पुराना लिफ़ाफ़ा।उस पर लिखा है **"शरद "** सुमित्रा के हाथ काँपने लगते हैं।वह पत्र खोलती है।अंदर एक छोटा-सा कागज़ है।वह पढ़ती है। ऑफ स्टेज एक युवा स्त्री की आवाज़ सुनाई देती है।*

माधवी की आवाज़ :

"प्रिय शरद, तुम्हारे साथ मंच पर खड़े होना मुझे ऐसा महसूस कराता

है जैसे मैंने सचमुच जीवन जी लिया हो। लोग तालियाँ नाटक के लिए बजाते हैं...लेकिन मैं हर ताली में तुम्हें ढूँढ़ती हूँ। माधवी"

सुमित्रा स्तब्ध।वह दूसरा पत्र खोलती है।फिर वही आवाज़।

माधवी की आवाज़ :

"कभी-कभी लगता है...हम एक ही नाटक में हैं...लेकिन अलग-अलग ज़िंदगियों में।"

सुमित्रा धीरे से कुर्सी पर बैठ जाती है।उसकी आँखों में आँसू हैं।गुस्सा नहीं।हैरानी नहीं।बस एक गहरा दर्द।तभी दरवाज़ा खुलता है।शरद प्रवेश करता है।हमेशा की तरह थका हुआ।लेकिन आज चेहरे पर हल्की-सी संतुष्टि है।माधवी से मिलने की एक अनकही खुशी।वह अंदर आता है। सुमित्रा को देखता है। उसके हाथ में पत्र देखता है। और ठिठक जाता है। कुछ क्षण।दोनों एक-दूसरे को देखते हैं।कोई कुछ नहीं बोलता। लंबी खामोशी।

सुमित्रा : *(शांत स्वर में)* अच्छा लिखती थी।

(शरद कुछ नहीं बोलता।)

सुमित्रा : बहुत अच्छा। *(पत्र उसकी ओर बढ़ाती है।)* उसकी लिखावट भी बहुत सुंदर है।

(खामोशी।)

शरद : सुमित्रा... मैं कुछ कहूँ ?

सुमित्रा : नहीं। आज झूठ मत बोलना।

प्रकाश दोनों पर केंद्रित हो जाता है। शरद मौन। सुमित्रा की आँख से पहला आँसू गिरता है।

सुमित्रा : मुझे बस एक बात बताओ...*(रुकती है।)* मैं तुम्हारी ज़िंदगी में आखिर थी क्या?*(खामोशी।)* तुम्हारी पत्नी? या इंटरवल तक चलने वाला कोई किरदार?

(शरद अंदर तक हिल जाता है।)

सुमित्रा : तुम्हारे हर नाटक में नायिकाएँ बदलीं। कलाकार बदले। पात्र बदले। लेकिन मैं वहीं की वहीं रही। *(आवाज़ काँपने लगती है।)* फिर भी...इन पत्रों वाला शरद...मुझे कभी नहीं मिला।

लंबी खामोशी। शरद कुछ नहीं कह पाता। पहली बार उसके पास कोई संवाद नहीं है। सुमित्रा और शरद आमने-सामने खड़े हैं। एक हाथ में पत्र। दूसरे हाथ में पूरी उम्र का दर्द। प्रकाश धीरे-धीरे मंद पड़ता है।

ब्लैकआउट।

दृश्य समाप्त।

अंक १ –

दृश्य ८

स्थान : *देशमुख परिवार का घर। मंच पर सन्नाटा। सुमित्रा के हाथ में पत्र है। शरद सामने खड़ा है। दोनों के बीच कई वर्षों की दूरी खड़ी है।)*

सुमित्रा : *(शांत लेकिन तीखे स्वर में)* बोलिए। आज तो बताईए । कितने साल और चुप रहेंगे?

(शरद बैठ जाता है।)

शरद : क्या बताऊँ?

सुमित्रा : सच। सिर्फ सच।

(कुछ क्षण की खामोशी।)

शरद : हाँ... मुझे माधवी से प्यार था।

(क्षणभर स्तब्ध सन्नाटा। सुमित्रा आँखें बंद कर लेती है। मानो यह जवाब उसे पहले से मालूम था।)

शरद : लेकिन... उस प्यार ने कभी अपनी सीमाएँ नहीं लांघीं। कभी नहीं।

(सुमित्रा कड़वाहट से मुस्कुराती है।)

सुमित्रा : वाह ! कितना सुंदर वाक्य है.."सीमाएँ नहीं लांघीं।" ....मतलब बाकी सब कुछ था?

(शरद चुप।)

सुमित्रा : फिर मुझसे शादी क्यों की? *(खामोशी।)* क्यों की? *(आवाज़ ऊँची होती है।)* मैं उपलब्ध थी इसलिए? घरवालों ने पसंद किया इसलिए? या माधवी ने मना कर दिया इसलिए?

(शरद जैसे भीतर तक हिल जाता है।)

शरद : ऐसा नहीं है!

सुमित्रा : तो कैसा है?

(कुछ क्षण की खामोशी।)

शरद : क्योंकि... मुझे लगा था कि मैं सब पीछे छोड़ आया हूँ।

(सन्नाटा।)

सुमित्रा : लेकिन छोड़ा नहीं। ये पत्र बता रहा है। तुम्हारी आँखें बता रही हैं। आज उसका नाम सुनते ही तुम्हारा चेहरा बता रहा है।

(खामोशी।)

शरद : सुमित्रा... तुम जैसा सोच रही हो, वैसा नहीं है। (धीमे स्वर में) हमने एक-दूसरे से प्यार किया था। लेकिन हम एक-दूसरे को मिले नहीं। और उसके बाद... जिंदगी आगे बढ़ गई। (क्षणभर रुकता है।) मैंने तुम्हारे साथ अन्याय किया होगा..लेकिन तुम्हें धोखा नहीं दिया।

(लंबी खामोशी।)

सुमित्रा : (धीरे से) अन्याय और धोखे में बहुत ज्यादा फर्क नहीं होता, शरद। दोनों घाव ही देते हैं।

(सन्नाटा। तभी शरद उठता है। अचानक अलमारी के पास जाता है। कुछ ढूँढने लगता है। एक दराज़। दूसरी। तीसरी। बेचैन हो जाता है। सुमित्रा उसे देख रही है।)

सुमित्रा : क्या ढूँढ रहे हो?

शरद : *(भ्रमित)* मैं... मैं... *(रुक जाता है)* याद नहीं आ रहा ।

(मंच पर पूर्ण सन्नाटा। शरद के चेहरे पर डर। सच्चा डर। वह कुर्सी पर बैठ जाता है। दोनों हाथों से सिर पकड़ लेता है।)

शरद : ये रोज़ हो रहा है...रोज़...(पहली बार टूटता है।) कहाँ क्या रखा...किससे क्या कहा...कभी संवाद भूल जाता हूँ...कभी नाम...(आवाज़ काँपती है) कभी-कभी तो खुद को भी पहचान नहीं पाता। (सुमित्रा स्तब्ध।) मैं डर गया हूँ, सुमित्रा...बहुत डर गया हूँ। (पहली बार उसकी आँखों में आँसू।) हजारों लोगों के सामने मंच पर खड़े होकर बोला हूँ...लेकिन आज...अपने ही मन के सामने खड़ा होने से डर लगता है।

लंबी खामोशी। सुमित्रा का गुस्सा कुछ पल के लिए पिघलता है। वह उसकी ओर बढ़ती है... मगर वहीं रुक जाती है। क्योंकि दर्द अभी भी बाकी है। उसी समय दरवाज़े की घंटी बजती है। दोनों चौंक जाते हैं। रात काफी हो चुकी है। सुमित्रा दरवाज़ा खोलती है। सामने रोहन खड़ा है। उनका बेटा। वह अंदर आता है।

रोहन : माँ... फोन क्यों नहीं उठा रही थी?

(वह माहौल देखता है। पत्र देखता है। पिता की ओर देखता है। उसे समझ आ जाता है कि कुछ गड़बड़ है।)

रोहन : क्या हुआ?

(खामोशी। सुमित्रा कुछ नहीं बोलती। रोहन पत्र उठा लेता है। उस पर लिखा नाम पढ़ता है "माधवी राणे"। वह पिता की ओर देखता है।)

रोहन : ये कौन है?

(लंबी खामोशी। शरद जवाब नहीं देता।)

रोहन : मैं पूछ रहा हूँ... ये कौन है?

(तनाव बढ़ता है।)

सुमित्रा : तुम्हारे पिता की ज़िंदगी का एक पुराना पन्ना।

(रोहन का चेहरा बदल जाता है।)

रोहन : मतलब?

(खामोशी।)

रोहन : माँ सारी उम्र घर संभालती रही...और आप

(वाक्य पूरा नहीं करता।)

शरद : रोहन... मेरी बात सुनो।

रोहन : नहीं! आज आप सुनिए! (सालों का गुस्सा बाहर आता है।) मेरे स्कूल के कार्यक्रम के लिए समय नहीं था। मेरे जन्मदिन के लिए समय नहीं था। माँ के ऑपरेशन के लिए समय नहीं था। लेकिन नाटक के लिए समय था! (सन्नाटा।) और अब समझ में आ रहा है...किसी और के लिए भी समय था।

(शरद भीतर तक हिल जाता है।)

सुमित्रा : रोहन!

रोहन : नहीं माँ! आज मुझे बोलने दो। (शरद की ओर) आपके लिए नाटक हमेशा पहले नंबर पर था। हम कभी नहीं थे।

लंबी खामोशी। शरद कुछ नहीं कह पाता। उसके पास कोई जवाब नहीं। मंच पर तीन लोग। तीन अलग-अलग पीड़ाएँ। तीन अलग-अलग सच। सुमित्रा धीरे-धीरे शरद की ओर देखती है।आँखों में आँसू।आवाज़ शांत।लेकिन भीतर से पूरी तरह टूटी हुई।

सुमित्रा : माधवी आपकी ज़िंदगी में थी या नहीं...ये सवाल नहीं है, शरद।

(क्षणभर की खामोशी।)

सवाल सिर्फ इतना है.....**क्या मैं कभी थी**?

प्रकाश धीरे-धीरे मंद होने लगता है। शरद निःशब्द। रोहन स्तब्ध। सुमित्रा अकेली खड़ी। घड़ी की टिक-टिक सुनाई देती है। प्रकाश अंधेरे में विलीन हो जाता है।

ब्लैकआउट।

दृश्य समाप्त।

अंक १

दृश्य ९

स्थान : शहर का एक पुराना सार्वजनिक उद्यान। भोर का समय।

(मंच पर हल्का नीला प्रकाश। एक ओर पुरानी बेंच। दूर पक्षियों की आवाज़ें। हल्की हवा। प्रकाश धीरे-धीरे बढ़ता है। शरद बेंच पर अकेला बैठा है। पूरी रात उसे नींद नहीं आई। उसके हाथ में एक पुरानी तस्वीर है। तस्वीर में युवा शरद, माधवी और नाट्यसंस्था के कुछ कलाकार हैं। वह तस्वीर को देखता रहता है। कुछ क्षणों का मौन। मंच के दूसरे छोर से माधवी दृश्य करती है। वह कुछ पल शरद को देखती है, फिर धीरे-धीरे उसके पास आती है।

माधवी *: तुम अब भी इतनी सुबह उठ जाते हो?*

शरद *: (हल्की मुस्कान के साथ)* और तुम अब भी बिना बताए सामने आ जाती हो।

माधवी : *(बैठती है)* कल फोन किया था। उठाया नहीं।

शरद : घर में तूफ़ान आया हुआ था।

माधवी : मुझे पता है।

(क्षणभर मौन)

शरद : सब कुछ बिगड़ गया है, माधवी। संस्था... घर... मैं खुद... सब कुछ।

माधवी : *(उसे देखते हुए)* देर से ही सही... पहली बार तुम यह मान रहे हो।

(मौन)

शरद : तुम्हें कभी लगा था कि हम फिर मिलेंगे?

माधवी : नहीं। इसीलिए मिलने चली आई।

शरद : सिर्फ मिलने?

माधवी : नहीं.......सच कहने।

शरद : किसका?

माधवी : मेरा।

(क्षणभर)

माधवी : तुम्हें लगता है... सिर्फ तुम ही अधूरे रह गए? (हल्का मुस्कुराती है) नहीं शरद... मैं भी खुश नहीं थी। शादी हुई। घर बना। बच्चे हुए। लेकिन हर नए नाटक की खबर मैं पढ़ती थी। तुम्हारा हर इंटरव्यू देखती थी। तुम्हारे हर सम्मान समारोह की तस्वीर संभालकर

रखती थी। प्यार था इसलिए नहीं...लेकिन...मेरी ज़िंदगी का एक हिस्सा अब भी उस रंगमंच पर खड़ा था।

(शरद सिर झुका लेता है। तभी उसके हाथ से तस्वीर नीचे गिर जाती है। माधवी उसे उठाती है। पीछे लिखा हुआ पढ़ती है।)

माधवी : *(पढ़ते हुए)* "राज्य नाट्य प्रतियोगिता – 1987" *(मुस्कुराती है)* ये तस्वीर अब भी संभालकर रखी है?

शरद : मैं कुछ भी फेंक नहीं पाया। न चीज़ें..... न लोग......सब कुछ संभालकर रखा है।...कम से कम अभी तक तो नहीं कुछ भी खोया नहीं ।

माधवी : (गहराई से उसे देखते हुए) लेकिन वर्तमान खोता जा रहा है।

(शरद चुप रहता है।)

माधवी : सच बताओ...मामला कितना गंभीर है?

(शरद जवाब नहीं देता। लंबा मौन।)

शरद : तुम सच-सच बताओ...तुम यहाँ क्यों आई हो?

(माधवी कुछ क्षण चुप रहती है। फिर उसकी ओर देखती है।)

माधवी : सच बताऊँ, शरद? यहाँ मैं तुमसे मिलने नहीं आई...मेरा डर तुमसे मिलना चाहता था। (क्षणभर) परसों किसी ने फोन पर तुम्हारी बीमारी के बारे में बताया। पहले तो विश्वास ही नहीं हुआ। क्योंकि मेरी आँखों के सामने जो शरद था... वह ऐसा आदमी था जिसे दस-दस किरदारों के संवाद याद रहते थे। जो एक रिहर्सल में सुना हुआ संवाद वर्षों बाद भी हूबहू बोलकर दिखा देता था। जिसे सैकड़ों कलाकारों के नाम याद रहते थे...उनकी पहली भूमिकाएँ...उनकी गलतियाँ...उनके सपने... सब कुछ। और फिर मुझे बताया गया....कि...... वही शरद.... अब भूलने लगा है। (आवाज़ काँपती है।) उस रात मुझे नींद नहीं आई। बार-बार एक ही बात मन में आती रही... अगर सचमुच ऐसा हुआ तो? अगर एक दिन तुम्हारी यादों से सब कुछ फिसल गया तो? यह संस्था...यह रंगमंच...तुम्हारे कलाकार...तुम्हारी ज़िंदगी...और... (रुकती है) मैं भी? (आँखों में आँसू भर आते हैं।) जानते हो शरद...हम एक-दूसरे के नहीं हो पाए। ज़िंदगी अलग-अलग रास्तों पर चली गई। तुम्हारी दुनिया अलग बन गई...मेरी अलग। लेकिन कुछ लोग ज़िंदगी से कभी जाते नहीं। वे हमारी रोज़मर्रा की दुनिया में नहीं होते...लेकिन हमारे भीतर कहीं हमेशा रहते हैं। तुम भी वैसे ही रहे। कभी कोई नाटक पढ़ते समय...कभी अखबार में तुम्हारी तस्वीर देखते

समय...कभी किसी पुरस्कार समारोह की खबर सुनते समय...मन के किसी कोने में लगता था "यह आदमी है...इसलिए.... मेरे अतीत का एक हिस्सा अब भी ज़िंदा है।" ......और फिर अचानक पता चला...कि वही हिस्सा अब अपनी यादें खोने लगा है। मुझे डर लगा, शरद। विस्मृति...विस्मृति इंसान को हर दिन थोड़ा-थोड़ा खोती चली जाती है। आज कोई नाम...कल कोई चेहरा...परसों कोई रिश्ता...और एक दिन...पूरी ज़िंदगी। (आवाज़ भर आती है।) मुझे लगा...उस दिन के आने से पहले मुझे तुमसे एक बार मिलना चाहिए। एक बार जी भरकर तुम्हें देख लेना चाहिए। एक बार तुमसे बात कर लेनी चाहिए। क्योंकि अगर कल हम फिर मिले...और तुम मेरी ओर देखकर पूछो "माफ़ कीजिए... आप कौन हैं?" तो... (आँसू बहने लगते हैं।) तो शायद मैं जवाब दूँ .... "कोई नहीं।".... लेकिन मेरे भीतर कुछ हमेशा के लिए टूट जाएगा। इसीलिए आई हूँ। इससे पहले कि विस्मृति तुम्हें छू ले...जब तक तुम्हारी स्मृतियों में मेरे लिए कोई छोटा-सा कोना बचा है...एक बार तुमसे मिल लेने के लिए.........चलती हूँ।

शरद : *फिर कब मिलोगी?*

माधवी : (मुस्कुराती है, आँखों में आँसू) जब तक तुम्हारी स्मृति साथ देगी। और उसके बाद भी। शायद तुम्हें याद नहीं रहेगा...लेकिन मैं पहचान लूँगी।

लंबा मौन। शरद उसे देखता रहता है।उसकी आँखें भी भर आई हैं।

शरद : *(धीमे स्वर में)* माधवी...अगर सचमुच वह दिन आया...और मैं तुम्हें पहचान नहीं पाया... तो मुझसे नाराज़ मत होना.... **क्योंकि भूलने वाला भले ही मैं होऊँ...लेकिन खोने वाली... होगी ..... तुम** । (क्षणभर मौन।) और शायद... उस दिन मुझे...अपनी सज़ा का एहसास भी नहीं होगा।

माधवी की आँखों में आँसू भर आते हैं। दोनों कुछ क्षण एक-दूसरे को देखते रहते हैं। माधवी उठती है। वह धीरे-धीरे चली जाती है।शरद उसे जाता हुआ देखता रहता हैवह ओझल हो जाती हैकुछ क्षणों का मौन।वह तस्वीर अपनी जेब में रखता है।फिर अचानक ठिठक जाता हैउसे याद नहीं रहता कि तस्वीर जेब में रखी या नहीं।घबराकर जेब टटोलता है।तस्वीर वहीं होती है।उसके चेहरे पर एक दर्दभरी मुस्कान उभरती है।

शरद : (स्वयं से) यादों को संभालकर रखना आसान होता है...लेकिन उन्हें पहचानते रहना...बहुत मुश्किल।

(प्रकाश धीरे-धीरे मंद पड़ता है।)

ब्लैकआउट।

दृश्य समाप्त।

पहला अंक समाप्त।

मध्यांतर

अंक २

दृश्य १

स्थान: *"रंगस्पर्श" नाट्यसंस्था का कार्यालय*

समय: *दोपहर*

(मंच पर कागज़ों का ढेर फैला हुआ है। टेबल पर फाइलें, रसीदें और बैंक स्टेटमेंट रखे हैं। प्रकाश गोखले और विक्रम बैठे हैं। अमेय मोबाइल में व्यस्त है। शीतल खिड़की के पास खड़ी है। माहौल गंभीर है।)

प्रकाश : (एक फाइल आगे बढ़ाते हुए) इस पर हस्ताक्षर हो जाएँ तो काम आसान हो जाएगा।

विक्रम : अगर उन्होंने पढ़ लिया तो?

प्रकाश : (हल्की मुस्कान के साथ) आजकल वे पढ़ते कितना हैं?

(क्षणभर सन्नाटा।)

शीतल : मुझे यह सब अच्छा नहीं लग रहा।

विक्रम : क्या?

शीतल : यही... कागज़ों के पीछे खेलना। जो कहना है, सामने कहो।

प्रकाश : संस्था में कभी कोई सामने बोलकर जीता है क्या?

(उसी समय नेहा प्रवेश करती है। हाथ में स्क्रिप्ट है।)

नेहा : नमस्ते।

(सभी थोड़ा चौंक जाते हैं।)

विक्रम : अरे नेहा... आओ।

नेहा : सर अभी तक नहीं आए?

प्रकाश : आ जाएँगे।

(वह जल्दी से कुछ कागज़ फाइल में रख देता है। नेहा की नज़र उस पर पड़ती है, लेकिन वह कुछ नहीं कहती। तभी शरद प्रवेश करते हैं। हाथ में बैग है। चेहरे पर थकान, लेकिन हमेशा की तरह मुस्कान भी।)

शरद : क्या बात है भई? आज इतनी शांति क्यों है? ये हमारी संस्था है या कोई लाइब्रेरी?

(हल्की हँसी।)

विक्रम : आइए, आइए... बस आपका ही इंतज़ार था।

(वह एक फाइल आगे बढ़ाता है।)

शरद : क्या है?

प्रकाश : बैंक के कुछ कागज़ हैं। नियमित प्रक्रिया है। बस आपके हस्ताक्षर चाहिए।

(शरद अपना चश्मा ढूँढ़ने लगते हैं। शर्ट की जेब, बैग, टेबल... बेचैनी बढ़ती है। नेहा चुपचाप देख रही है। तभी बबन प्रवेश करता है।)

बबन : अरे ....शरदराव... चश्मा आपके सिर पर ही है।

(क्षणभर सन्नाटा।)

शरद : (हँसने की कोशिश करते हुए) ये चश्मा भी आजकल मेरे साथ राजनीति करने लगा है।

(हँसी पैदा करने की कोशिश, लेकिन कोई नहीं हँसता। शरद फाइल खोलते हैं। पढ़ने की कोशिश करते हैं। पन्ने पलटते हैं। कुछ क्षण बीतते हैं। फिर हस्ताक्षर करने के लिए पेन उठाते हैं।)

नेहा : सर... एक मिनट।

(सभी उसकी ओर देखते हैं।)

नेहा : पहले पढ़ तो लीजिए।

(प्रकाश और विक्रम एक-दूसरे को देखते हैं।)

शरद : अरे... प्रकाश है ना। वो देख लेगा।

नेहा : फिर भी।

(माहौल तनावपूर्ण हो जाता है। बबन भी ध्यान से देख रहा है। शरद दोबारा पढ़ना शुरू करते हैं। पहला पन्ना... दूसरा... तीसरा... अचानक रुक जाते हैं।)

शरद : ये क्या है?

(प्रकाश चौंकता है।)

प्रकाश : क्या?

शरद : यहाँ लिखा है..."संस्था के सभी आर्थिक अधिकार कार्यकारी समिति को हस्तांतरित किए जाते हैं..." (सिर उठाकर देखते हैं।) इसका मतलब?

(सन्नाटा।)

विक्रम : मतलब आपका काम आसान हो जाएगा। आपके ऊपर का दबाव भी कम होगा।

(शरद उसकी ओर देखते हैं।)

शरद : और फैसले कौन करेगा?

प्रकाश : समिति।

(शरद मुस्कुराते हैं, लेकिन इस बार मुस्कान में दर्द है।)

शरद : समिति? या कुछ लोग?

(क्षणभर सन्नाटा।)

विक्रम : आपको हम पर भरोसा नहीं है?

शरद : है। तभी तो यह संस्था यहाँ तक पहुँची है। (रुकते हैं।) लेकिन भरोसे और अधिकार में फर्क होता है। (फाइल बंद कर देते हैं।) इस पर मैं हस्ताक्षर नहीं करूँगा।

(तनाव बढ़ जाता है।)

अमेय : मतलब फिर वही बात। सब कुछ अकेले करना है। बाकी सब गलत... सिर्फ आप सही।

(शरद उसकी ओर देखते हैं।)

अमेय : कभी सोचा है... आपके बाद क्या होगा?

(सन्नाटा।)

शरद : रोज़। हर रोज़। (पहली बार आवाज़ कठोर होती है।) तुम लोग मेरे बाद की संस्था के बारे में सोचते हो... लेकिन मैं... मैं संस्था के बाद के , तुम्हारे बारे में सोचता हूँ।

*क्षणभर सन्नाटा।तभी बबन के पैरों के पास एक कागज़ गिरता है। वह उसे उठाता है। पढ़ते ही उसका चेहरा बदल जाता है। वह कागज़ प्रकाश के हाथ से छूटा होता है। ऊपर लिखा है **"विशेष आम सभा"** नीचे लिखा है **"अध्यक्ष पद के विरुद्ध अविश्वास प्रस्ताव"** बबन ऊपर देखता है। मंच पर मौत जैसा सन्नाटा। नेहा स्तब्ध। शीतल हिल जाती है। शरद धीरे-धीरे कागज़ लेकर पढ़ते हैं। उनके हाथ काँप रहे हैं, लेकिन चेहरा अजीब तरह से शांत है।*

शरद : तो... बात यहाँ तक पहुँच गई है।

(कोई कुछ नहीं बोलता।)

शरद : अच्छा है । बहुत अच्छा।

वह कुर्सी पर बैठ जाते हैं। अचानक चक्कर आता है। आँखें बंद हो जाती हैं। नेहा घबराकर आगे बढ़ती है। बबन उन्हें संभालता है। सभी चिंतित हैं। कुछ क्षण बाद शरद आँखें खोलते हैं। बेहद शांत स्वर में कहते हैं

शरद : नाटक अभी खत्म नहीं हुआ है दोस्तों...अभी तो सिर्फ मध्यांतर हुआ है।

प्रकाश धीरे-धीरे मंद पड़ता है।सभी पात्र अलग-अलग भावनाओं में जमे हुए हैं।

ब्लैकआउट।

दृश्य समाप्त।

अंक २

दृश्य २

स्थान: *"रंगस्पर्श" नाट्यसंस्था का सभागार*

समय: *रात,*

रिहर्सल खत्म हुए काफी समय हो चुका है । पूरा सभागार खाली है। मंच पर केवल एक स्पॉटलाइट जल रही है। दर्शकदीर्घा अंधेरे में डूबी हुई है। पहली पंक्ति में शरद अकेले बैठे हैं। हाथ में पुराना कार्यक्रम-पत्रक है। दूर कहीं घड़ी की घंटियाँ सुनाई देती हैं। मंच की खामोशी जैसे स्वयं जीवित हो। प्रकाश धीरे-धीरे बढ़ता है। शरद खाली मंच को देखते हुए जैसे उससे बात कर रहे हों।

शरद :
कितने लोग आए... कितने चले गए...कितनी तालियाँ बजीं... कितने पर्दे गिरे...लेकिन यह मंच... आज भी वहीं खड़ा है। *(हल्की मुस्कान)* और मैं भी... अभी तक।

उसी समय नेहा प्रवेश करती है। हाथ में कुछ कागज़ हैं। शरद को देखकर रुक जाती है।

नेहा : सर... अभी तक घर नहीं गए?

शरद : घर? (मुस्कुराते हैं) इंसान जहाँ सबसे ज़्यादा जीता है... वही तो उसका घर होता है ना?

(नेहा पास आ जाती है।)

नेहा : सब आपकी चिंता कर रहे हैं।

शरद : सब? (हल्की हँसी) आजकल सबको मेरी चिंता कम... मेरी कुर्सी की चिंता ज़्यादा है।

(क्षणभर सन्नाटा।)

नेहा : आपको बुरा लगता है?

शरद : बहुत। लेकिन वजह कुछ और है। (मंच की ओर देखते हैं।) लोगों को लगता है मैं इस पद से चिपका हुआ हूँ। मुझे अध्यक्ष की कुर्सी नहीं चाहिए नेहा। कल इस कुर्सी को जला भी दो तो मुझे फर्क नहीं पड़ेगा। (खड़े हो जाते हैं।) लेकिन यह पर्दा...यह पर्दा उठते रहना चाहिए। मेरे बाद भी।

सन्नाटा। नेहा पहली बार शरद के डर की असली वजह समझती है।

शरद : संस्था कौन चलाएगा... यह सवाल नहीं है। सवाल यह है कि संस्था क्यों चलानी है... और कैसे चलानी है।

(लंबी चुप्पी।)

शरद :
आजकल नाटक करने वाले बहुत मिल जाते हैं। फोटो खिंचवाने के लिए। पुरस्कार लेने के लिए। फेसबुक पर पोस्ट डालने के लिए। (हल्का हँसते हैं।) लेकिन नाटक के लिए जीने वाले कितने मिलते हैं?

(सन्नाटा।)

नेहा : मिलते हैं सर। आज भी मिलते हैं।

शरद : कहाँ हैं?

नेहा कोई जवाब नहीं देती। बस उन्हें देखती रहती है। शरद धीरे-धीरे मंच पर चढ़ते हैं। मंच के बीचोंबीच आकर खाली दर्शकदीर्घा को देखते हैं।

शरद : तुम्हें पता है... इन कुर्सियों पर कितने लोग बैठे हैं? उनमें से कुछ अब इस दुनिया में नहीं हैं। और यही डर लगता है कि.... आज कुछ के नाम याद है ...(अचानक रुक जाते हैं।) कल मुझे उनके नाम याद नहीं रहेंगे। परसों उनके चेहरे। और किसी दिन...यह मंच भी।

नेहा सिहर उठती है। पहली बार शरद अपनी भूलने की बीमारी के बारे में खुलकर बोल रहे हैं।

शरद : मैं मौत से नहीं डरता, नेहा। मैं भूल जाने से डरता हूँ। जीवन में इंसान एक बार मरता है...लेकिन जब यादें मरने लगती हैं...तो वह हर दिन थोड़ा-थोड़ा मरता है।

सभागार में गहरी खामोशी। तभी बबन हाँफता हुआ दृश्य करता है। हाथ में एक फाइल है।

बबन : शरदराव!... शरदराव!

दोनों उसकी ओर देखते हैं।

बबन : यह देखिए।

फाइल आगे बढ़ाता है। नेहा उसे लेकर पन्ने पलटती है। उसका चेहरा बदल जाता है।

शरद : क्या हुआ?

नेहा : सर... ये पिछले तीन सालों के हिसाब-किताब हैं। (पन्ने पलटती है।) कुछ दान खातों में दिखाए ही नहीं गए। कुछ खर्चे फर्जी हैं।

(सन्नाटा।)

बबन : और कुछ रसीदें...असल में हैं ही नहीं।

शरद : किसने किया है?

नेहा और बबन एक-दूसरे को देखते हैं।

नेहा : सभी कागज़ों पर...प्रकाश गोखले के हस्ताक्षर हैं।
लंबी खामोशी। शरद स्तब्ध। चेहरा अविश्वास से भर जाता है। प्रकाश उनका तीस साल पुराना साथी है।
शरद : नहीं... यह नहीं हो सकता। प्रकाश ऐसा नहीं कर सकता।
बबन : कभी-कभी नाटक का खलनायक पहचान में आ जाता है...लेकिन ज़िंदगी का खलनायक पहचानना मुश्किल होता है।
सन्नाटा।शरद मंच के बीच खड़े हो जाते हैं। खाली सभागार की ओर देखते हैं। फिर धीरे-धीरे बोलते हैं।
शरद : मैं सोच रहा था...मेरे बाद संस्था कौन चलाएगा। (नेहा की ओर देखते हैं।) लेकिन अब लगता है...पहले यह देखना पड़ेगा कि संस्था बचेगी भी या नहीं।
नेहा : संस्था बचेगी सर।
(शरद उसकी ओर देखते हैं।)
नेहा : जब तक आपका जुनून ज़िंदा है...तब तक संस्था भी ज़िंदा है।
शरद हल्का-सा मुस्कुराते हैं। शायद कई दिनों बाद पहली बार उम्मीद के साथ। दूर सभागार की एक अकेली लाइट जल उठती है। खाली मंच पर उजाला फैलता है। जैसे अगली पीढ़ी की आहट हो। प्रकाश धीरे-धीरे मंद पड़ता है।
ब्लैकआउट।
दृश्य समाप्त।

अंक २

दृश्य ३

स्थान: *नाट्यसंस्था के सभागार के बाहर का कट्टा*
समय: *रात, रिहर्सल समाप्त होने के बाद*
सभागार में अंधेरा है। बाहर पीली स्ट्रीट लाइट जल रही है। एक तरफ चाय की टपरी, दो बेंच। विक्रम अकेला बैठा है। हाथ में चाय का गिलास है। मन बेहद बेचैन है कुछ क्षण की खामोशी। प्रकाश गोखले दृश्य करता है।
प्रकाश : क्या सोच रहे हो?
विक्रम : (हल्की हँसी) रंगमंच के बारे में...और अपने पापों के बारे में।
प्रकाश : इतना भावुक मत बनो। अगर संस्था बचानी है तो कुछ फैसले लेने ही पड़ते हैं।

विक्रम : संस्था? या सत्ता?

प्रकाश : अब पीछे मत हटना। कल सभा है। अविश्वास प्रस्ताव है। सब तय हो चुका है।

विक्रम : (गहरी साँस लेकर) मालूम है।

प्रकाश चला जाता है। मंच पर विक्रम अकेला रह जाता है। कुछ क्षण की खामोशी। दूर कहीं से रिहर्सल की ढोलकी की धीमी आवाज़ सुनाई देती है, जैसे अतीत की गूँज हो।

विक्रम :

लोगों को लगता है... मैं शरद देशमुख का विरोधी हूँ। कितनी अजीब बात है ना? जिस आदमी से मैंने अभिनय सीखा...जिसने पहली बार मुझे मंच पर खड़ा किया...आज मैं उसी के खिलाफ खड़ा हूँ। (हल्की मुस्कान।) पहले नाटक में उन्होंने मुझे दो संवादों का रोल दिया था। सिर्फ दो संवाद......लेकिन उन दो संवादों के लिए मैं एक महीने तक सो नहीं पाया था। प्रयोग हुआ। मेरे दो संवाद बोले गए। न तालियाँ मिलीं...न किसी ने तारीफ की। लेकिन पर्दे के पीछे शरदराव आए... मेरे कंधे पर हाथ रखा...और कहा "आज तुम कलाकार बन गए।" उस एक वाक्य के लिए मैंने बीस साल नाटक किया। (सन्नाटा।) फिर आज मैं यहाँ क्यों खड़ा हूँ? उनके खिलाफ? क्योंकि मुझे उनसे नफ़रत नहीं है...मुझे उनसे डर लगता है। (चुप्पी।) एक आदमी का व्यक्तित्व इतना बड़ा हो गया है...कि संस्था छोटी पड़ गई है। हर फैसला...हर सपना...हर विचार...एक ही नाम के इर्द-गिर्द घूमता है। शरद देशमुख। शरद देशमुख। शरद देशमुख। (आवाज़ में पीड़ा।) और मैं सोचता हूँ...जिस दिन यह नाम नहीं रहेगा...उस दिन क्या होगा? मेरा संघर्ष इंसान से नहीं है...उसकी छाया से है। उस छाया में नए पेड़ उग नहीं पाते। लेकिन... (आवाज़ काँपती है।) कल उन्हें भूलते हुए देखा। चश्मा...संवाद...नाम...और पहली बार लगा...शायद हमने बहुत देर कर दी। (आँखें भर आती हैं।) क्योंकि आज जिस आदमी के खिलाफ मैं लड़ रहा हूँ... वह मेरा दुश्मन नहीं है। वह मेरा गुरु है। (लंबी खामोशी।) और गुरु को हराने में...कभी किसी शिष्य को खुशी नहीं होती।

प्रकाश मंद होने लगता है।*तभी सभागार के भीतर से शरद की आवाज़ सुनाई देती है*

शरद की आवाज़ : अरे... कोई है क्या? मेरी स्क्रिप्ट कहाँ है?

विक्रम चौंक जाता है। खड़ा हो जाता है। कुछ क्षण सोचता है। फिर तेजी से अंदर की ओर दौड़ जाता है। प्रकाश अंधेरे में विलीन हो जाता है।

ब्लैकआउट।
दृश्य समाप्त।

अंक २ -

प्रवेश ४

स्थान *: "रंगस्पर्श" नाट्य संस्था का सभागार।*
समय *: रात।*

सभागार पूरी तरह खाली है। मंच पर केवल एक स्पॉटलाइट जल रही है। बाकी चारों ओर अंधेरा। दूर कहीं हल्की बारिश की आवाज़ सुनाई दे रही है। प्रकाश धीरे-धीरे बढ़ता है। शरद मंच पर अकेला खड़ा है। हाथ में स्क्रिप्ट है। वह कोई पुराना संवाद बोलने की कोशिश करता है।

शरद :"महाराज...इस राज्य के लिए..." *रुक जाता है। फिर कोशिश करता है।*

"महाराज...इस राज्य के लिए...अपना दाव "

फिर रुक जाता है। बेचैन। स्क्रिप्ट पलटता है। पन्ने उलटता है। खोजता है। खुद पर झुंझलाता है।

शरद : अरे... यह संवाद तो मैंने हजार बार बोला है... हजार बार! फिर अब क्यों याद नहीं आ रहा? क्यों?

सिर पर हाथ मारता है। तभी सभागार से विक्रम दृश्य करता है। चुपचाप। शरद को बिना दिखाई दिए। कुछ क्षण वह उसे देखता रहता है। पहली बार वह अपने गुरु की असहायता देख रहा है।)

शरद : (स्वयं से) संवाद याद नहीं रहते...लोग याद नहीं रहते...कल कहाँ गया था, याद नहीं रहता...अब आगे क्या?

विक्रम : [आता है । पुरे जोश से वह संवाद बोलता है जिसे शरद भूल रहें हैं]

"महाराज... इस राज्य के लिए, आपके इस साम्राज्य और एक एक शब्द के लिए हम अपना शरीर, परिवार, अपना घर-बार, अपना सब कुछ दाँव पर लगाने को तैयार हैं। क्यों कि यह राज्य केवल आपका नहीं, बल्कि हमारी आने वाली पीढ़ियों का भविष्य है। आपके स्वप्न के इस स्वराज्य को खड़ा करने के लिए हमारी आख़िरी साँस कम पड़ जाए किन्तु हमारी कोशिशें कम नहीं पड़ेंगी ।"

(शरद चौंकता है। पीछे मुड़ता है। विक्रम सामने खड़ा है। शांत।)

शरद : (हल्का मुस्कुराता है) अरे... तुम्हें याद है?

विक्रम : आपने ही सिखाया था। भूलूँगा कैसे?

कुछ क्षण की खामोशी। दोनों मंच पर। कई वर्षों बाद गुरु और शिष्य। न पद, न राजनीति। सिर्फ दो रंगकर्मी।

विक्रम : अभी तक घर नहीं गए?

शरद : यह सवाल तो मुझे तुमसे पूछना चाहिए।

दोनों हल्का मुस्कुराते हैं। फिर खामोशी। शरद धीरे-धीरे खाली दर्शकदीर्घा की ओर देखता है और बोलना शुरू करता है।

शरद : पता है विक्रम... सब कहते हैं "अब रुक जाइए।" "अब आराम कीजिए।" "अब छोड़ दीजिए।" अरे, मैं मानता हूँ... शरीर थक गया है। आँखें थक गई हैं। याददाश्त थक गई है। लेकिन... [सीने पर हाथ मारता है] यह भीतर की आग, यह पागलपन नहीं थका है। (नीचे बैठता है । मंच पर हाथ फेरता है) जब छोटा था, पहली बार नाटक देखा था। पहली पंक्ति में बैठा था। एक कलाकार मंच पर आया...और मुझे लगा दुनिया का सबसे अमीर आदमी यही है। क्योंकि लोगों का ध्यान उसके ओर था। लोगों के सपने थे। लोगों के आँसू थे। उसी दिन मैंने तय कर लिया था मुझे यहीं आना है। इस रोशनी में। इस पर्दे के पीछे। इस जादू में। फिर पूरी ज़िंदगी आता रहा। लेकिन मज़े की बात देख...जिस दिन पहली बार मंच पर आया था,उस दिन लगा था— एक दिन नाटक छोड़ दूँगा। (हल्का हँसता है) आज समझ में आता है...मै नाटक को छोड़ सकता हूँ विक्रम...लेकिन नाटक मुझे छोड़ने को तैयार नहीं। (लंबी खामोशी) घर टूट गया। रिश्ते टूट गए। दोस्त चले गए। साथी चले गए। नाटक गिरे भी, सफल भी हुए। कर्ज़ बढ़ा, गलतियाँ हुईं...लेकिन दूसरे दिन जब सभागार खुलता है...तो मैं वहीं होता हूँ। क्यों? क्योंकि यहाँ आकर मुझे मैं मिलता हूँ।लेकिन अब...(आवाज़ काँपती है) अब यह याददाश्त भी साथ छोड़ रही है... मुझे मौत से डर नहीं लगता, विक्रम। मुझे डर लगता है कि...एक दिन मैं इसी मंच पर खड़ा रहूँगा...और यह मंच मुझे पहचान नहीं पाएगा। या... मैं इसे। लोग पूछते हैं "आपका उत्तराधिकारी कौन है?" कितना मूर्खतापूर्ण सवाल है। रंगमंच के उत्तराधिकारी नहीं होते। रंगमंच के दीवाने होते हैं। एक दीवाना जाता है...दूसरा जन्म लेता है। इसीलिए नाटक जीवित रहता है। (कुछ क्षण रुकता है) लेकिन... (पहली बार विक्रम की ओर देखता है) वह अगला दीवाना कौन है...यह अभी तक समझ नहीं पाया हूँ।

लंबी खामोशी।विक्रम की आँखें भर आती हैं। पहली बार। वह कुछ क्षण बोल नहीं पाता। फिर धीमे स्वर में

विक्रम : आप क्यों नहीं समझते, शरदराव...हम आपकी कुर्सी छीनने के लिए नहीं लड़ रहे...हमें डर लगता है कि...आपके बाद क्या होगा?

शरद : मुझे भी।

दोनों एक-दूसरे को देखते हैं। पहली बार संघर्ष की जगह संवाद है।तभी नेहा दौड़ते हुए दृश्य करती है। हाथ में एक फाइल। साँस तेज़ चल रही है।

नेहा : सर! बहुत बड़ी समस्या हो गई है।

(दोनों उसकी ओर मुड़ते हैं।)

नेहा : कल की सभा के लिए कुछ दस्तावेज़ तैयार किए गए हैं। आपके नाम से। लेकिन उन पर जो हस्ताक्षर हैं... वे आपके नहीं हैं।

क्षणभर सन्नाटा।विक्रम और शरद एक-दूसरे की ओर देखते हैं।अब संघर्ष व्यक्तिगत नहीं रह जाता।वह संस्था के अस्तित्व का प्रश्न बन चुका है।प्रकाश धीरे-धीरे मंद होने लगता है।

ब्लैकआउट।

दृश्य समाप्त।

अंक २ –

दृश्य ५

स्थान : देशमुख का घर।

समय : देर रात।

पूरा घर सो चुका है। केवल रसोई में एक लाइट जल रही है। सुमित्रा अकेली बैठी है। सामने दवाइयों का डिब्बा, शुगर मशीन और आधी ठंडी हो चुकी चाय रखी है। प्रकाश धीरे-धीरे बढ़ता है। वह शरद की दवाइयों की स्ट्रिप गिन रही है। एक जगह रुकती है। कुछ गोलियाँ ली ही नहीं गई हैं। उसके चेहरे पर गुस्सा नहीं है। सिर्फ थकान। दरवाज़ा खुलता है। शरद दृश्य करता है। शांत। थका हुआ। दोनों के बीच खामोशी है। कई वर्षों की।

सुमित्रा : फिर दवाइयाँ नहीं लीं।

शरद : भूल गया।

सुमित्रा : मालूम है। अब यह शब्द बहाना नहीं रहा...बीमारी बन गया है।

(क्षणभर खामोशी)

शरद : तुम अभी तक जाग रही हो?

सुमित्रा : पैंतीस साल की आदत है। नाटक ख़त्म होने तक जागते रहने की।

(शरद नज़रें झुका लेता है।)

सुमित्रा : याद है? शादी के बाद का पहला शो? मैं आठ महीने की गर्भवती थी...और तुम नाटक करने चले गए थे।

शरद : (हल्की मुस्कान के साथ) याद है।

सुमित्रा : मुझे नहीं लगता। अगर याद होता...तो दोबारा नहीं करते।

(लंबी खामोशी)

सुमित्रा : लोग कहते हैं...एक कलाकार की ज़िंदगी बहुत सुंदर होती है ..... रोशनी...तालियाँ...सम्मान...फूलों के गुलदस्ते... लेकिन उस रोशनी के पीछे खड़ी परछाइयों को कोई नहीं देखता। नाटक ख़त्म होता है तो दर्शक घर चले जाते हैं। कलाकार भी घर आ जाता है। लेकिन उसका मन? वह तो अभी भी पर्दे के पीछे... मंच पर ही रहता है। और उसकी पत्नी... उसके लिए खाना गरम करती बैठी रहती है। लेकिन वह उष्मा...वह गर्माहट उस खाने में नहीं डाल सकती... जो वह मंच पर छोड़ आया होता है। लोगों ने तुम्हें रंगकर्मी के रूप में देखा। लेकिन मैंने तुम्हें एक इंसान के रूप में देखा। कभी-कभी लगता था...कि नाटक ने मेरे पति को मुझसे चुरा लिया है।

खामोशी। शरद की आँखें भर आती हैं।

शरद : मुझे माफ़ कर दो।

(सुमित्रा स्तब्ध रह जाती है।)

शरद : मैंने ज़िंदगी में हजारों संवाद बोले हैं। राजा बना...भिखारी बना...संत बना...खलनायक बना...लेकिन ये दो शब्द..."मुझे माफ़ कर दो"...कहने में मुझे पैंतीस साल लग गए। (खामोशी) मैंने तुमसे कभी प्यार कम नहीं किया। बस...वक़्त कम दिया।

सुमित्रा : कभी-कभी... वक़्त ही प्यार होता है, शरद।

दोनों चुप हैं। तभी शरद अचानक दवाइयों का डिब्बा हाथ में उठा लेता है। कुछ क्षण उसे देखता रहता है। फिर धीमे स्वर में कहता है

शरद : सुमित्रा... कल अगर मुझे तुम्हारा नाम याद न रहा तो? कल अगर मैं तुम्हें पहचान ही न पाया तो?

पूरा मंच शांत। सुमित्रा धीरे-धीरे उसका हाथ अपने हाथ में लेती है। और कहती है

सुमित्रा : तुम्हें याद रहे या न रहे...मैं हमेशा तुम्हारी ही रहूँगी।

लंबी खामोशी पहली बार दोनों एक-दूसरे के इतने करीब हैं।न कोई झगड़ा।न कोई शिकायत।न कोई बहस।सिर्फ ज़िंदगी।

ब्लैकआउट।
दृश्य समाप्त।

अंक २

दृश्य ६

स्थान : देशमुख परिवार का स्टोररूम। रात।
पुरानी ट्रॉफियाँ, शील्ड, पोस्टर, वेशभूषाएँ, विग, नाटकों के बैनर, पुराने फोटो। एक कोने में बड़ी लोहे की पेटी। धूल की गंध। पीले रंग का बल्ब। (प्रकाश बढ़ता है।) रोहन अकेला है। हाथ में एक पुरानी तस्वीर। वह सामान समेट रहा है। चिड़चिड़ा। बेचैन। वह एक ट्रॉफी उठाता है। पढ़ता है।

रोहन : "सर्वश्रेष्ठ अभिनेता..."*(व्यंग्य से)* बहुत बढ़िया। अभिनेता तो बेहतरीन...लेकिन पिता...

वाक्य अधूरा छोड़ देता है। वह ट्रॉफी एक तरफ रख देता है। लोहे की पेटी खोलता है।उसमें पुरानी स्क्रिप्टें, पत्र, कार्यक्रम-पत्रिकाएँ और एक काली डायरी।

रोहन : ये क्या नई चीज़ है?

वह डायरी खोलता है।पहले पन्ने पर लिखा है —"प्रयोगवही – शरद देशमुख"वह यूँ ही पन्ने पलटता है।फिर एक जगह उसकी नज़र ठहर जाती है। रोहन पढ़ता है :

"21 जून 1998"
"आज रोहन का जन्मदिन था।"
"शाम को नाटक का प्रयोग था, इसलिए जा नहीं पाया।"
"घर लौटा तो वह सो चुका था।"
"सोते हुए उसके माथे को चूम लिया।"
"बड़ा होकर शायद मुझसे नाराज़ होगा।"
"लेकिन आज भी उससे बहुत प्यार करता हूँ।"
रोहन ठिठक जाता है।फिर अगला पन्ना पलटता है।

"14 मार्च 2002"
"आज रोहन स्कूल में प्रथम आया।"
"पुरस्कार समारोह में जा नहीं पाया।"
"रिहर्सल थी।"
"पूरी शाम मन वहीं अटका रहा।"
"उम्मीद है, कभी तो मुझे समझेगा।"

रोहन के चेहरे के भाव बदलने लगते हैं।वह अगला पन्ना पढ़ता है।

"7 अक्टूबर 2005"

"आज रोहन पहली बार मुझ पर चिल्लाया।"

"ठीक ही किया।"

"उसे एक पिता चाहिए।"

"और मैं उसे एक कलाकार दे रहा हूँ।"

लंबी चुप्पी। रोहन कुर्सी पर बैठ जाता है।डायरी उसकी गोद में।पहली बार उसे अपने पिता के मन का दरवाज़ा खुलता दिखाई देता है।तभी दरवाज़ा खुलता है। शरद का दृश्य करता है।हाथ में पानी का गिलास।वह रोहन को देखता है।

शरद : अरे... तुम यहाँ?

रोहन कोई जवाब नहीं देता।डायरी उसकी ओर बढ़ा देता है।

रोहन : ये कभी दिखाया क्यों नहीं?

शरद डायरी देखता है।कुछ क्षण चुप।

शरद : क्योंकि इसे लिखना आसान था... दिखाना मुश्किल।

(चुप्पी)

रोहन : तो कभी बोले क्यों नहीं?

शरद : पता नहीं।शायद...मंच पर हज़ार लोगों के सामने बोलने की आदत पड़ गई।घर में दो लोगों के सामने बोलना रह गया।

(कुछ क्षण)

रोहन : मैं आपसे बहुत नाराज़ था।

शरद : मालूम है।

रोहन : अभी भी हूँ।

शरद : वो हक़ भी तुम्हारा है।

चुप्पी | अचानक रोहन पूछता है

रोहन : *आपने नाटक चुना था...या हमें छोड़ दिया था?*

लंबी चुप्पी यह प्रश्न पूरे नाटक में हवा में तैरता रहा है।आज पहली बार सीधे पूछा गया है।शरद कुछ क्षण कुछ नहीं बोलता। फिर धीरे-धीरे

शरद : लोगों को लगता है कि ज़िंदगी में चुनाव किया जा सकता है।एक रास्ता...या दूसरा।लेकिन कुछ लोगों की ज़िंदगी में इंसान रास्ता नहीं चुनता...रास्ता उसे चुन लेता है।मेरी ज़िंदगी में भी नाटक ऐसा ही आया,रोहन।मैं उसके पास नहीं गया था।शुरू में शौक था।फिर पसंद बन गया।फिर लत।और एक दिन...साँस बन गया।तुम्हें छोड़ना नहीं

चाहता था।तुम्हारी माँ को छोड़ना नहीं चाहता था।घर छोड़ना नहीं चाहता था।लेकिन नाटक छोड़ने की हिम्मत भी नहीं थी। और शायद...यही मेरी सबसे बड़ी गलती थी। (आँखें भर आती हैं) मैं बुरा पिता रहा होऊँगा। बुरा पति रहा होऊँगा। लेकिन एक बात सच है...तुम लोगों से प्यार कभी कम नहीं हुआ।

लंबी चुप्पी रोहन नज़र झुका लेता है।डायरी बंद करता है।तभी अचानक शरद उसकी ओर देखता है। खोया खोया सा

शरद : माफ़ कीजिए...आप...?

(सन्नाटा । रोहन पत्थर-सा जम जाता है।शरद उसे देखता रहता है।पहचान नहीं पाता।

शरद : हम... कहीं मिले हैं क्या?

रोहन के चेहरे पर असहनीय पीड़ा। उसके हाथ से डायरी नीचे गिर जाती है। पहली बार उसे बीमारी का असली डर दिखाई देता है। कुछ सेकंड बाद

शरद : रोहन! (सिर पकड़ लेता है) हे भगवान...रोहन...

वह कुर्सी पर बैठ जाता है। पूरी तरह टूट चुका है। रोहन दौड़कर उसके पास आता है। पहली बार...अपने पिता के कंधे पर हाथ रखता है।

रोहन : मैं यहीं हूँ, बाबा।

पहली बार वह "बाबा" कहता है। शरद की आँखों से आँसू बह निकलते हैं। प्रकाश धीरे-धीरे मंद होने लगता है। पिता और पुत्र...पहली बार सचमुच एक-दूसरे के करीब।

ब्लैकआउट।
दृश्य समाप्त।

अंक २ –
दृश्य ७
स्थान :

माधवी राणे का निवास। संध्या। सादा, सुरुचिपूर्ण घर। दीवारों पर कुछ पुराने नाटकों की तस्वीरें। एक फ्रेम में युवावस्था के नाटक का समूह-चित्र। खिड़की से आती ढलती शाम की रोशनी। माधवी अकेली बैठी है। हाथ में पुस्तक। दरवाज़े की घंटी बजती है। माधवी दरवाज़ा खोलती है। सामने सुमित्रा। दोनों कुछ क्षण एक-दूसरे को देखती रहती हैं। मानो तीस वर्षों का समय उनके बीच खड़ा हो।

माधवी :
आइए...
सुमित्रा अंदर आती है। दोनों बैठती हैं। कुछ क्षण असहज चुप्पी।
माधवी :
चाय लेंगी?
सुमित्रा :
नहीं। आज मुझे बात करनी है।
माधवी :
मुझे भी।
दोनों एक-दूसरे को देखती हैं।
सुमित्रा :
मैंने कई वर्षों तक आपसे नाराज़गी रखी।
माधवी :
मालूम है।
सुमित्रा :
आपको दोष दिया।
माधवी :
उसका अधिकार भी आपको था।
चुप्पी।
सुमित्रा :
एक प्रश्न पूछूँ?
माधवी :
आज झूठ नहीं बोलूँगी। पूछिए।
लंबी चुप्पी।
सुमित्रा :
क्या आपने शरद से प्रेम किया था?
कुछ क्षण की चुप्पी। माधवी खिड़की के बाहर देखती है। फिर हल्का-सा मुस्कुराती है।
माधवी :
बहुत।
सुमित्रा :
और शरद?
माधवी :
उन्होंने भी।

लंबी चुप्पी। सुमित्रा आँखें बंद कर लेती है। यह उत्तर उसे चोट नहीं पहुँचाता। बल्कि उसे मुक्त कर देता है।

सुमित्रा :

फिर आप दोनों की शादी क्यों नहीं हुई?

माधवी मुस्कुराती है।

माधवी :

क्योंकि हमने एक बात बहुत देर से समझी।

सुमित्रा :

क्या?

माधवी :

शरद से प्रेम करना आसान था। शरद के साथ जीवन बिताना कठिन। क्योंकि वह कभी किसी एक का पूरा नहीं था। आप कहेंगी यह प्रेम की असफलता थी। लेकिन ऐसा नहीं था। उसके जीवन में पहले से ही एक स्त्री थी।

सुमित्रा :

स्त्री?

माधवी :

हाँ। रंगमंच। वही उसकी पहली प्रेमिका थी। पहली पत्नी थी। पहला जुनून था। मैं उससे प्रतिस्पर्धा नहीं कर सकी।

लंबी चुप्पी।

सुमित्रा :

मैं भी नहीं।

दोनों अनायास मुस्कुरा देती हैं। शायद पहली बार।

माधवी :

आपने शरद के साथ गृहस्थी की।

सुमित्रा :

और आपने?

माधवी :

मैंने उसके साथ एक सपना जिया।

सुमित्रा :

तो हम दोनों को आधा-आधा शरद मिला।

लंबी चुप्पी। माधवी की आँखें भर आती हैं।

माधवी :

शायद।

कुछ क्षण।

सुमित्रा :
जानती हैं... मैं आज यहाँ झगड़ा करने नहीं आई थी।
माधवी :
तो?
सुमित्रा :
धन्यवाद कहने आई थी।
माधवी स्तब्ध।
माधवी :
मुझे?
सुमित्रा :
हाँ।
चुप्पी।
सुमित्रा :
शरद आज जीवित हैं क्योंकि कुछ स्मृतियाँ अभी भी जीवित हैं। उनमें आपका भी हिस्सा है।
माधवी की आँखें नम हो जाती हैं।
सुमित्रा :
और आज उन्हें मित्रों की आवश्यकता है। किसी अदालत की नहीं।
लंबी चुप्पी। माधवी धीरे से सुमित्रा का हाथ अपने हाथ में लेती है।
माधवी :
अब आप मुझसे नाराज़ नहीं हैं?
सुमित्रा :
बहुत वर्षों तक रही।
माधवी :
और अब?
कुछ क्षण।
सुमित्रा :
अब लगता है...हम दोनों की हार का कारण एक ही है
माधवी :
शरद ?
सुमित्रा :
नहीं...नाटक ।
लंबी चुप्पी। दोनों शांत। खिड़की से आती हुई संध्या की रोशनी धीरे-धीरे मंद पड़ने लगती है।

माधवी :
शरद को बचाइए, सुमित्रा।
सुमित्रा :
मैं कोशिश कर रही हूँ।
माधवी :
नहीं...एक इंसान के रूप में नहीं। एक रंगकर्मी के रूप में। वह टूट गया तो एक संस्था टूट जाएगी।
दोनों एक-दूसरे को देखती हैं। प्रकाश धीरे-धीरे अंधकार में विलीन हो जाता है।
ब्लैकआउट
दृश्य समाप्त।

अंक २ –
प्रवेश ८
***स्थान** :*
नाट्यसंस्था का कार्यालय। रात। मेज़ पर फाइलें। पुरानी ट्रॉफियाँ। दीवार पर संस्था का बड़ा फोटो। बाहर बारिश की आवाज़। (प्रकाश बढ़ता है।) प्रकाश गोखले अकेला है। सामने कागज़ात। हाथ में चश्मा। बेचैन। दरवाज़ा खुलता है। शरद दृश्य करता है। उसके पीछे विक्रम, नेहा और बबन। वातावरण में तनाव।
प्रकाश :
तो? जाँच पूरी हो गई? फैसला हो गया?
शरद :
फैसला सुनाने नहीं आया हूँ। समझने आया हूँ।
प्रकाश :
तीस साल बाद?
क्षणभर की चुप्पी।
नेहा :
सर... ये रसीदें नकली हैं। ये हस्ताक्षर नकली हैं।
बबन :
और कुछ पैसे खातों में जमा ही नहीं हुए।
प्रकाश शांत है।
प्रकाश :
तो?

विक्रम :

तो? बस इतना ही?

प्रकाश :

क्या उम्मीद है? मैं इनकार करूँ?

लंबी चुप्पी।

प्रकाश :

हाँ। मैंने किया। अब?

सभी स्तब्ध।

प्रकाश :

तीस साल। तीस साल मैंने इस संस्था के हिसाब संभाले। टिकटें बेचीं। बैनर लगाए। बसें बुक कीं। कलाकारों को फोन किए। कर्ज लिया। चंदा जुटाया...और अगले दिन अखबार में फोटो किसका छपता था?

(शरद की ओर देखता है)

तुम्हारा।हमेशा तुम्हारा। लोग कहते थे "शरद देशमुख की संस्था।" मेरा नाम कहाँ था?

लंबी चुप्पी।

शरद :

इसलिए संस्था को लूटा तुमने?

प्रकाश :

नहीं। अपना हिस्सा लिया।

विक्रम गुस्से से भर उठता है।

विक्रम :

यह चोरी है!

प्रकाश :

शायद। लेकिन उपेक्षा का ब्याज भी होता है, विक्रम।

क्षणभर की चुप्पी। शरद धीरे-धीरे आगे आता है।

शरद :

तुम्हें पता है, प्रकाश...मैं पूरी ज़िंदगी अभिनेता रहा। इसलिए मुझे तालियाँ मिलीं। लेकिन एक बात मैं तुम्हें कभी बता नहीं पाया।नाटक खत्म होने के बाद पर्दा गिरता है। लोग चले जाते हैं। कलाकार घर लौट जाते हैं। लेकिन सभागार में कुछ लोग अब भी बचे रहते हैं। कुर्सियाँ समेटने वाले। लाइटें बंद करने वाले। हिसाब जोड़ने वाले। उनके बिना नाटक नहीं होता। और हाँ...मैंने तुम्हें यह कभी कहा नहीं, यह मेरी गलती थी। बहुत बड़ी गलती।

प्रकाश के चेहरे पर पहली बार दर्द उभरता है।

शरद :
लेकिन उस गलती की सज़ा संस्था को देने का अधिकार तुम्हें नहीं था।
लंबी चुप्पी।
प्रकाश :
तो क्या करोगे? पुलिस? मुकदमा?
क्षणभर की चुप्पी। शरद शांत स्वर में उत्तर देता है।
शरद :
नहीं...
सभी स्तब्ध।
प्रकाश :
बस इतना?
शरद :
नहीं। अब से हर नाटक की कार्यक्रम-पत्रिका पर एक पंक्ति छपेगी।
क्षणभर।
प्रकाश :
कौन-सी?
शरद :
"इस संस्था के निर्माण और विकास में प्रकाश गोखले का अमूल्य योगदान रहा है।" लेकिन...कल से तुम इस संस्था में नहीं आओगे।
गहरा सन्नाटा। प्रकाश जैसे भीतर तक हिल जाता है।उसकी आँखों में आँसू भर आते हैं। उसे समझ नहीं आता कि यह सम्मान मिला है या सज़ा। वह टूटकर कुर्सी पर बैठ जाता है।
नेहा :
(धीरे से)
सर...अब संस्था बच जाएगी?
शरद :
(मुस्कुराता है)
संस्था ईंटों की इमारत नहीं होती, नेहा...वह उन लोगों के सहारे खड़ी रहती है जो अपनी गलतियाँ स्वीकार कर सकें।
ब्लैकआउट।
दृश्य समाप्त।

अंक २ –
दृश्य ९

स्थान :

नाट्यसंस्था का सभागार। रात। रिहर्सल समाप्त हो चुकी है। कुछ कलाकार कुर्सियों पर बैठे हैं। चाय के गिलास। शरद बाहर किसी से बात करने गया है। मंच पर नेहा, बबन, विक्रम, माधव और अन्य कलाकार।

नेहा :

कल फिर पुरस्कारों की सूची आई।

बबन :

(व्यंग्य से)

और हमेशा की तरह हमारे शरदराव का नाम नहीं।

माधव :

मुझे तो अब इस पर आश्चर्य भी नहीं होता।

नेहा :

क्या तुम्हें सचमुच लगता है कि सर को इसका बिल्कुल दुःख नहीं होता?

क्षणभर की चुप्पी।

बबन :

होता है। बहुत होता है। बस दिखाते नहीं।

विक्रम :

मैंने एक बार उनसे पूछा था।

नेहा :

क्या कहा उन्होंने?

विक्रम :

हँस पड़े। बोले—"अगर पुरस्कार के लिए काम करने लगूँगा तो नाटक खो जाएगा।"

चुप्पी।

बबन :

और उसी रात मैंने उन्हें अकेले बैठे देखा था।

नेहा :

फिर?

बबन :

कुछ नहीं बोले। बस पुराने अखबार निकालकर देखते रहे।

चुप्पी।

बबन :

चालीस साल हो गए। इस आदमी ने कितने कलाकार बनाए? कितने

नाटक किए? कितने गाँवों की यात्राएँ कीं? कभी बस का किराया नहीं था। कभी खुद मंच सजाया। कभी खुद टिकटें बेचीं। और आज जिन्हें राष्ट्रीय पुरस्कार मिले हैं, उनमें से कितने लोग पहली बार मंच पर खड़े हुए थे, तब शरद जी विंग में खडे थे।

चुप्पी।

नेहा :

फिर उन्हें पुरस्कार क्यों नहीं मिला?

माधव :

तुम्हें सचमुच लगता है कि पुरस्कार सिर्फ कला देखकर मिलते हैं?

माधव :

कभी-कभी पुरस्कार कला से ज्यादा पहचान को मिलते हैं। समितियों को मिलते हैं। गुटों को मिलते हैं। राजनीति को मिलते हैं।

चुप्पी।

विक्रम :

लेकिन एक बात है।

नेहा :

क्या?

विक्रम :

पुरस्कार पाने वाले बहुत कलाकार देखे हैं मैंने।

क्षणभर।

विक्रम :

लेकिन नाटक खत्म होने के बाद जिसके चरण छूने का मन करे... ऐसा कलाकार सिर्फ एक देखा है।

सभी शांत। उसी समय शरद प्रवेश करता है। उसे आख़िरी वाक्य सुनाई देता है।

शरद :

अरे, क्या चल रहा है? मेरा स्मृतिग्रंथ लिखा जा रहा है क्या?

हल्की हँसी।

बबन :

हम कह रहे थे... आपको कोई राष्ट्रीय पुरस्कार मिलना चाहिए था।

क्षणभर की चुप्पी। शरद कुर्सी पर बैठता है। चाय का गिलास उठाता है।

शरद :

मिला तो है।

नेहा :
कब? कहाँ?
शरद :
(सभागार की ओर देखते हुए)
यहीं।
सभी शांत।
शरद :
जब मैंने पहला नाटक किया था, तब इस संस्था में पाँच लोग थे। आज पचास हैं। जब मैंने शुरुआत की थी, तब कलाकार ढूँढ़ने पड़ते थे। आज भूमिकाएँ कम पड़ जाती हैं। जो बीज मैंने बोया था, वह आज भी जीवित है। इससे बड़ा पुरस्कार और क्या होगा?
क्षणभर।
शरद :
और हाँ...अगर कोई पुरस्कार मेरे भाग्य में लिखा भी हो, तो वह मेरे नाम पर नहीं... इस संस्था के नाम पर होना चाहिए।
लंबी चुप्पी।
बबन :
(धीरे से)
शायद इसी वजह से आपको नहीं मिला।
शरद कुछ क्षण सबको देखता है।
शरद :
"पुरस्कार" शब्द सुनकर मुझे हमेशा हँसी आती है। क्योंकि मैंने पूरी ज़िंदगी रंगमंच पर काम किया...लेकिन पुरस्कारों के मंच पर कभी गया ही नहीं।
हल्की मुस्कान।
झूठ क्यों बोलूँ? युवावस्था में मुझे भी लगता था कि एक दिन कोई बड़ा पुरस्कार मिलेगा। मेरा नाम अखबारों में छपेगा। लोग बधाइयाँ देंगे। मेरे गले में मालाएँ पड़ेंगी। लेकिन उम्र बढ़ती गई और एक बात समझ में आई। पुरस्कार पाने का रास्ता और कला साधने का रास्ता... दोनों अलग-अलग होते हैं। कुछ लोग कला कर्म करते हैं। कुछ लोग पुरस्कारों की खेती करते हैं।
क्षणभर की चुप्पी।
मैंने ऐसे कलाकार देखे हैं जो रंगमंच से ज्यादा समितियों के दरवाज़ों पर दिखाई देते हैं। रिहर्सलों से ज्यादा बैठकों में दिखाई देते हैं। संवादों से ज्यादा प्रशस्तिगान याद रखते हैं। कला से ज्यादा संबंध सँभालते

हैं। और फिर एक दिन उनके नाम के आगे बड़े-बड़े पुरस्कार जुड़ जाते हैं। मुझे उनसे कोई शिकायत नहीं। हर आदमी अपना रास्ता चुनता है। लेकिन एक काम मैं कभी नहीं कर पाया—चापलूसी।

स्वर में हल्की कड़वाहट।

किसी की मेज़ के आसपास घूमना। किसी के जन्मदिन पर फूलों के गुलदस्ते लेकर खड़ा रहना। किसी की हर बात पर ताली बजाना। सिर्फ किसी पुरस्कार की आशा में अपनी रीढ़ झुका देना। यह सब मैं कभी सीख ही नहीं पाया। इसलिए शायद उस दौड़ में हार गया.....या शायद...मैंने उस दौड़ में हिस्सा ही नहीं लिया। तुम्हें पता है? कोल्हापुर के एक प्रदर्शन के बाद एक बुजुर्ग दर्शक मेरे पास आए थे। उनकी आँखों में आँसू थे। उन्होंने अपने काँपते हुए हाथों से मेरे दोनों हाथ पकड़े और बस इतना कहा— "आज बहुत वर्षों बाद असली नाटक देखा।" उनकी आँखों से गिरने वाले आँसुओं की हर बूँद में बड़े-बड़े पुरस्कार चमक रहे थे। न ट्रॉफी। न प्रमाणपत्र। न तस्वीर। सिर्फ सात शब्द। लेकिन उन सात शब्दों का वजन...मेरे देखे हुए किसी भी पुरस्कार से कहीं अधिक था।

स्वर भर आता है।

क्योंकि असली पुरस्कार मुंबई या दिल्ली में नहीं होता। किसी अकादमी की अलमारी में नहीं होता। वह सामने की कुर्सी पर बैठा होता है। दो घंटे आप पर विश्वास करके टिकट खरीदकर आया हुआ वह दर्शक। वह हँसा...वह रोया...वह सोचने पर मजबूर हुआ...तो समझो आपको पुरस्कार मिल गया। और यह पुरस्कार हर प्रदर्शन में मिल सकता है।इसलिए...क्या मुझे कभी राष्ट्रीय पुरस्कार न मिलने का दुःख है? हाँ। मैं इंसान हूँ। कभी-कभी लगता है। लेकिन अगले ही पल दूसरा विचार आता है। चालीस वर्षों तक हजारों दर्शकों ने मेरे संवाद सुने। मेरी गलतियाँ माफ कीं। मेरे पात्रों से प्रेम किया। और मेरे जैसे एक साधारण शौकिया कलाकार को अपने दिल में जगह दी। तो बताइए...इससे बड़ी मान्यता और क्या हो सकती है?

लंबी चुप्पी।

अगर आज कोई मुझसे पूछे—"आपका सबसे बड़ा पुरस्कार कौन-सा है?" तो मैं कोई ट्रॉफी नहीं दिखाऊँगा। मैं यह सभागार दिखाऊँगा। यह खाली कुर्सी दिखाऊँगा। और कहूँगा— "इस पर बैठने वाला दर्शक।" क्योंकि कलाकार को अमर करने वाला पुरस्कार नहीं होता...दर्शक होता है। और जो कलाकार दर्शकों के दिल तक पहुँच जाता है...उसे किसी दूसरी मान्यता की आवश्यकता नहीं रहती।

सभी कलाकार स्तब्ध।

शरद :

किसी के जन्मदिन पर फूलों के गुलदस्ते लेकर खड़ा रहना...किसी की हर बात पर ताली बजाना...सिर्फ किसी पुरस्कार की आशा में अपनी रीढ़ झुका देना...अरे नहीं रे...मेरे माँ-बाप ने मुझे कलाकार बनने से पहले इंसान बनना सिखाया था। और इंसान बने रहकर कलाकार होना...यही मेरे जीवन का सबसे बड़ा पुरस्कार है।

प्रकाश धीरे-धीरे मंद होने लगता है।

ब्लैकआउट।

दृश्य समाप्त।

अंक २ –

दृश्य १०

***स्थान** : नाट्यसंस्था का मुख्य सभागार।*

अगले दिन शाम। मंच पर अंतिम प्रयोग की रिहर्सल की तैयारी। एक ओर नेपथ्य। कुछ कलाकार संवादों का अभ्यास कर रहे हैं। दूर लाइटों की फोकसिंग चल रही है। एक हौशी नाट्यसंस्था की वही भागदौड़ कम पैसे, बड़े सपने। प्रकाश बढ़ता है।नेहा कुछ नए कलाकारों को संवाद समझा रही है।

नेहा :

संवाद केवल याद करके बोल देना अभिनय नहीं होता। पहले उन पर विश्वास करो... फिर उन्हें अपने भीतर उतारो... और उसके बाद बोलो।

*(दूर खड़े **शरद** यह सब देख रहे हैं। उनके चेहरे पर संतोष है।)*

बबन :

(धीमे स्वर में)

शरदराव... बिल्कुल वैसे ही सिखाती है जैसे आप सिखाया करते थे।

शरद :

(मुस्कुराते हुए)

इसीलिए तो आज मन शांत है। अब अगर स्मृतियाँ साथ छोड़ भी दें... तो कोई शिकायत नहीं।

(बबन उन्हें आश्चर्य से देखता रह जाता है। तभी विक्रम प्रवेश करता है। हाथ में कुछ कागज़ हैं।)

विक्रम :

कल के प्रयोग की सारी टिकटें बिक चुकी हैं।

बबन :

क्या बात कर रहे हो!

विक्रम :
हाँ। शायद लोगों को भी एहसास हो गया है कि यह कोई साधारण प्रयोग नहीं है।
(शरद खाली कुर्सियों की ओर देखते हैं।)
शरद :
हर कलाकार के जीवन में एक प्रयोग ऐसा आता है...जिसकी टिकटें दर्शक नहीं खरीदते...समय खरीदता है।
(सभी शांत हो जाते हैं। तभी रोहन दृश्य करता है।)
रोहन :
पापा...
(शरद उसकी ओर मुड़ते हैं।)
रोहन :
मैंने एक फैसला लिया है।
शरद :
क्या?
रोहन :
मैं यह घर नहीं बेचूँगा।
(शरद आश्चर्य से उसकी ओर देखते हैं।)
रोहन :
और संस्था की जगह को लेकर जो मामला चल रहा था...उससे भी मैं पीछे हट रहा हूँ।
शरद :
क्यों?
रोहन :
क्योंकि पहली बार समझ में आया है...यह सिर्फ एक इमारत नहीं है।
(क्षणभर रुकता है।)
रोहन :
ये आपकी दूसरी संतान है।
(शरद की आँखें भर आती हैं। तभी विक्रम आगे बढ़ता है।)
विक्रम :
शरदराव... एक बात तय करनी है।
शरद :
कौन-सी?
विक्रम :
आपके बाद...

(सभागार में सन्नाटा।)

विक्रम :

संस्था कौन चलाएगा?

(सभी की निगाहें शरद पर टिक जाती हैं। शरद धीरे-धीरे मंच के मध्य में आते हैं। सभी पात्र उनके चारों ओर। मानो जीवन की अंतिम पाठशाला चल रही हो।)

शरद :

तुम सबको एक गलतफ़हमी है...विरासत का मतलब कुर्सी नहीं होता। विरासत का मतलब हस्ताक्षर करने का अधिकार नहीं होता। विरासत कोई पद नहीं होती। *(क्षणभर ठहरते हैं।)* मैंने अपने जीवन में अगर कुछ कमाया है...तो वो लोग हैं। यह संस्था मेरी नहीं है। कभी थी भी नहीं। मैं तो बस कुछ वर्षों तक इसका चौकीदार *था। (नेहा की ओर देखते हैं।)* वारिस वह नहीं होता जो मेरी तरह अभिनय *करे। (विक्रम की ओर देखते हैं।)* वारिस वह भी नहीं होता जो मेरी जगह ले ले। *(रोहन की ओर देखते हैं।)* और वारिस वह भी नहीं होता जो मेरा उपनाम लेकर घूमे। *(दीर्घ मौन।)* वारिस वह होता है...जो मेरे न होने पर भी इस बात की चिंता करे कि पर्दा समय पर ऊपर उठे।

(सभी स्तब्ध।)

विक्रम :

तो फिर वारिस कौन है?

(क्षणभर की चुप्पी। शरद मुस्कुराते हैं।)

शरद :

एक नहीं। *(नेहा की ओर इशारा करते हैं।)* यह कलाकार तैयार करेगी। *(विक्रम की ओर।)* यह संस्था चलाएगा। *(रोहन की ओर।)* और यह संस्था को जीवित रखेगा। *(क्षणभर रुकते हैं।)* एक आदमी को हमेशा अपना वारिस चाहिए होता है...लेकिन रंगमंच का कोई एक वारिस नहीं होता। रंगमंच का वारिस होता है—समूह।

सभागार में गहरा मौन। नेहा, विक्रम और रोहन भावुक हैं। अचानक शरद को चक्कर आता है। वे लड़खड़ाते हैं और कुर्सी का सहारा लेते हैं।

सुमित्रा :

शरद!

(सभी उनकी ओर दौड़ते हैं।)

शरद :

कुछ नहीं... कुछ नहीं हुआ...

(लेकिन पहली बार सबको महसूस होता है—समय हाथ से फिसल रहा है। शरद धीरे से कुर्सी पर बैठ जाते हैं।)

शरद :

कल का प्रयोग...कुछ भी हो जाए...होगा।

(दीर्घ मौन।)

शरद :

जानते हो...कलाकार को कभी पता नहीं होता कि उसका आख़िरी प्रयोग कौन-सा होगा। इसलिए हर प्रयोग ऐसे करना चाहिए...जैसे वही आख़िरी हो।

(सभी शांत।)

शरद :

पर्दा कब गिरेगा... यह तो हम तय कर सकते हैं ...लेकिन दर्शक क्या कहेंगे यह हमारे हाथ में नहीं होता। लेकिन पर्दा गिरने से पहले अगर दर्शकों के मन में एक दीप जला पाए...तो समझो जीवन का नाटक सफल हो गया।

(नेहा की आँखें भर आती हैं।)

नेहा :

सर...

शरद :

(मुस्कुराते हुए)

अरे... अभी मत रो। अभी पर्दा गिरा नहीं है।

(हल्की मुस्कान फैलती है।)

शरद :

और याद रखो...कल दर्शकों को मेरा विदा होना नहीं दिखना चाहिए। उन्हें सिर्फ़ नाटक दिखना चाहिए। क्योंकि... कला कलाकार से बड़ी होती है।

सभी उन्हें निहारते रहते हैं । शरद धीरे-धीरे खाली दर्शकदीर्घा की ओर देखते हैं। मानो हर कुर्सी पर उन्हें अपने पुराने साथी, कलाकार और दर्शक दिखाई दे रहे हों।

शरद :

चलो...रिहर्सल शुरू करो।

(प्रकाश धीरे-धीरे मंद होता जाता है।)

ब्लैकआउट।

दृश्य समाप्त।

अंक २ –

दृश्य ११

***स्थान** : नाट्यगृह का बैकस्टेज।*

रात। "अंतिम प्रयोग" शुरू होने में केवल बीस मिनट बाकी हैं। पर्दे के पीछे जबरदस्त भागदौड़। कोई वेशभूषा ढूँढ़ रहा है। कोई संवाद दोहरा रहा है। कोई प्रॉपर्टी जमा रहा है। कोई चाय ला रहा है। मंच के एक कोने में पुराना बोर्ड—"रंगस्पर्श – ४० वर्षों की रंगयात्रा" प्रकाश बढ़ता है। बबन हाथ में सूची लेकर इधर-उधर भाग रहा है।

बबन :

अरे, वो तलवार कहाँ गई? तीसरे दृश्य में लगेगी!

कलाकार :

पिछले पर्दे के पीछे रखी है!

बबन :

पिछले पर्दे के पीछे मतलब कहाँ? यहाँ तो सब कुछ पिछले पर्दे के पीछे ही पड़ा है!

हल्की हँसी। कुछ क्षणों के लिए माहौल हल्का हो जाता है। दूसरी ओर नेहा नए कलाकारों को समझा रही है।

नेहा :

डर लग रहा है?

नया कलाकार :

बहुत।

नेहा :

अच्छी बात है.....जिस दिन मंच पर जाने में डर लगना बंद हो जाए... उसी दिन मंच छोड़ देना।

(दूर खड़ा विक्रम यह सुनता है। उसके चेहरे पर मुस्कान आती है।)

विक्रम :

ये संवाद किसका है?

नेहा :

शरद सर का।

विक्रम :

अब तुम्हारा हो गया है।

(क्षणभर मौन।)

नेहा :

आप तैयार हैं?

विक्रम :
किसलिए?
नेहा :
उनके बाद...
विक्रम :
नहीं।
नेहा :
मैं भी नहीं।
विक्रम :
फिर?
नेहा :
शायद कोई भी तैयार नहीं होता... समय तैयार कर देता है।
[एक कोना। सुमित्रा अकेली बैठी है। हाथ में शरद की दवाइयाँ। माधवी दृश्य करती है। दोनों कुछ क्षण एक-दूसरे को देखती हैं।]
माधवी :
कैसे हैं?
सुमित्रा :
मंच पर जाने का समय आते ही दस साल जवान हो जाते हैं।
(दोनों मुस्कुराती हैं।)
माधवी :
और मंच से उतरने के बाद?
सुमित्रा :
दस साल और बूढ़े।
(क्षणभर मौन।)
माधवी :
आज का प्रयोग मुश्किल होगा।
सुमित्रा :
हाँ।
माधवी :
आपके लिए?
सुमित्रा :
नहीं...उनके लिए।
दोनों चुप हो जाती हैं। शरद का मेकअप रूम| छोटा कमरा। पुराना आईना। पीले बल्ब। मेकअप का सामान। कुछ फूलों के गुलदस्ते। अभिनंदन पत्र। शरद अकेले बैठे हैं। आईने में खुद को देखते हुए।

मेकअप बॉक्स खोलते हैं। उसमें एक पुरानी तस्वीर रखी है। वह तस्वीर हाथ में लेते हैं।

शरद :

कितनी जल्दी में था तू...जल्दी बड़ा होना था। बड़ा अभिनेता बनना था।चाहता था लोग नाम लें...और देख...आज सब मिल गया। *(हल्की मुस्कान।)* लेकिन अजीब बात है...जो मिला उसकी कीमत कभी समझ नहीं आई...और जो छूट गया...उसकी याद आज भी बाकी है।

दरवाज़े पर दस्तक।

रोहन :

अंदर आ सकता हूँ?

शरद :

अरे, आओ।

रोहन अंदर आता है। हाथ में एक छोटा डिब्बा है। कुछ क्षण दोनों चुप।

रोहन :

ये आपके लिए।

शरद :

क्या है?

शरद डिब्बा खोलते हैं। स्तब्ध रह जाते हैं।अंदर उनके पहले नाटक का बैज रखा है।

रोहन :

स्टोररूम में मिला।

मौन।

रोहन :

संभालकर रखा था आपने।

शरद :

हाँ...कुछ सपने ऐसे होते हैं...जिन्हें चाहकर भी फेंका नहीं जा सकता।

क्षणभर रुकते हैं ।रोहन आगे आता है।

रोहन :

पापा...

शरद उसकी ओर देखते हैं।

रोहन :

आज मैं आपका नाटक देखने नहीं आया हूँ।

शरद :
तो?
रोहन :
आज पहली बार...मैं अपने पापा को देखने आया हूँ।
दीर्घ मौन। शरद की आँखें भर आती हैं। वह रोहन के कंधे पर हाथ रखते हैं। पहली बार। न अभिनय। न संवाद। सिर्फ़ एक पिता। बाहर से पहली घंटी बजती है। पूरा बैकस्टेज एक पल के लिए थम जाता है। पुराने कलाकारों के चेहरों पर परिचित मुस्कान। नए कलाकारों के चेहरों पर तनाव। शरद धीरे-धीरे उठते हैं। दरवाज़े तक आते हैं। बाहर जाने से पहले रुकते हैं। पूरा बैकस्टेज देखते हैं। लाइटमैन। मेकअपमैन। कलाकार। व्यवस्थापक। तकनीशियन। सभी।फिर शांत स्वर में कहते हैं
शरद :
दोस्तों...चलो...पर्दा उठने दो।
प्रकाश धीरे-धीरे मंद होने लगता है।
दूसरी घंटी।
ब्लैकआउट।
दृश्य समाप्त।

अंक –२
दृश्य १२
स्थान :
नाट्यगृह – "अंतिम प्रयोग"। पूरा सभागार दर्शकों से भरा हुआ। शौकिया रंगकर्मी, मित्र, परिवार और पुरानी यादों से जुड़े लोग उपस्थित हैं। मंच सजा हुआ है। हल्का मंद प्रकाश। परदा आधा खुला हुआ। दूर कहीं धीमा संगीत बज रहा है। सभागार में हलचल है। पीछे बैकस्टेज में भागदौड़ चल रही है। शरद मेकअप रूम से बाहर आता है। सफेद बाल। हाथों में हल्का कंपन। लेकिन आँखों में अब भी वही आग है। वह मंच के किनारे रुकता है। दर्शकों की ओर देखता है। एक लंबी, शांत साँस लेता है।
उसी समय बबन धीमे स्वर में
बबन :
सर... समय हो गया।
[*शरद हल्का-सा मुस्कुराता है।*]

शरद :
समय तो हमेशा ही हो चुका होता है, बबन...बस हम उसे स्वीकार नहीं करते।
वह मंच पर कदम रखता है। प्रकाश धीरे-धीरे उसी पर केंद्रित हो जाता है। शरद मंच के मध्य में आता है।
[लंबा मौन]
शरद :
कितनी विचित्र चीज़ है नाटक...यहाँ आदमी खुद को खो देता है और दर्शकों को जीत लेता है। मैं जीवन भर इस मंच पर खड़ा होकर बदलता रहा। कभी राजा बना...कभी भिखारी...कभी खलनायक...कभी देवता...लेकिन एक चीज़ कभी नहीं बदली। और वह है यह मंच। इस मंच ने मुझे कभी अपना माना या नहीं...मुझे नहीं पता।लेकिन...मैं स्वयं इसका हो गया।
लंबा मौन
लोग पूछते हैं—शौकिया रंगमंच में ऐसा क्या मिलता है? न पैसा...न प्रसिद्धि...न सुरक्षा...फिर क्यों?
(हल्का मुस्कुराता है।)
लेकिन आज मैं आप सबसे कुछ माँगने आया हूँ। तालियाँ नहीं...प्रशंसा नहीं...फूल नहीं...सिर्फ एक वचन। कि जहाँ भी कभी कोई परदा ऊपर उठे... वहाँ कोई न कोई नया पागल ज़रूर खड़ा हो... जो यह कहे— "मैं नाटक के लिए जीऊँगा।" और जब वह खड़ा हो... तो आप उसे देखने ज़रूर आइए। उसे तालियाँ दीजिए। उसे अपना प्रेम दीजिए। क्योंकि वही क्षण होगा जब मैं ...मैं जीत चुका होऊँगा।
(लंबा मौन।)
शरद पीछे मुड़ता है। दर्शकों की ओर अंतिम प्रणाम करता है।
शरद :
बस ....अब...मेरे संवाद समाप्त...और अब अगला अंक...आपका। आज तक आपने ही इसे संभाला है...और आगे भी...आप ही संभालिए।
वह धीरे-धीरे मंच के पीछे की ओर चलता जाता है। प्रकाश उसके पीछे-पीछे कम होता जाता है। लेकिन मंच के मध्य भाग में प्रकाश उज्ज्वल हो उठता है...मानो कोई नया प्रयोग शुरू होने वाला हो। परदा धीरे-धीरे नीचे आता है।

समाप्त

लेखक – दिलीप लोकरे

पता: ई-36, सुदामा नगर, इंदौर - 452009 (म.प्र.) | ईमेल: dibalonet@gmail.com
जन्म तिथि: 09/07/1960 | योग्यता: स्नातक (इंदौर विश्वविद्यालय)

□ रंगमंच, फिल्म एवं अभिनय अनुभव (1978 - वर्तमान) -वर्ष 1978 से देश भर में वरिष्ठ रंगकर्मी, ऑल इंडिया रेडियो के नाटककार और स्क्रीन अभिनेता के रूप में सक्रिय।

- प्रमुख हिंदी नाटक: आषाढ़ का एक दिन, महाभोज, एक और द्रोणाचार्य, मेन विदाउट शैडोज़, लड़ाई, इन्ना की आवाज़।
- प्रमुख मराठी नाटक: महंत, दूर्फाळ, खिडक्या, रा+धा=।
- फिल्म एवं टीवी: मलयाली फिल्म 'इन्नू मुथल' और प्रसिद्ध टीवी धारावाहिक 'ये कहाँ आ गए हम' में अभिनय।
- वॉयस ओवर / डबिंग: एक आगामी तेलुगु फिल्म ' नरकासुर ' के हिंदी संस्करण में मुख्य (प्रमुख) किरदार के लिए डबिंग/अपनी आवाज दी।
- संबद्ध संस्थाएँ: नाट्य भारती एवं कला निकेतन ड्रामा ग्रुप।
- □ व्यावसायिक अनुभव एवं पद
- पूर्व फोटो एडिटर: फ्री प्रेस, इंदौर।
- पूर्व सचिव: इंदौर प्रेस क्लब | मध्य प्रदेश कैमरा सोसाइटी।
- सक्रिय सदस्य: इंडिया इंटरनेशनल फोटोग्राफिक काउंसिल (IIPC).

□ प्रमुख अंतर्राष्ट्रीय एवं राष्ट्रीय पुरस्कार

- भारत सरकार: सूचना एवं प्रसारण मंत्रालय के फोटो प्रभाग द्वारा 'द्वितीय राष्ट्रीय फोटो पुरस्कार (2011-12)' में कला फोटोग्राफी के क्षेत्र में उत्कृष्ट कार्य हेतु सम्मानित। राष्ट्रीय फोटो प्रतियोगिता में पूर्व में द्वितीय (1998), तृतीय (1999) और 5 बार सांत्वना पुरस्कार।
- डीजे मेमोरियल फोटोग्राफी कॉन्टेस्ट (2013): प्रतिष्ठित फोटोग्राफी प्रतियोगिता में तृतीय पुरस्कार।
- कनाडा (2011): 'एनर्जी फोटो ऑफ द ईयर कॉन्टेस्ट' के मुख्य विजेता (Overall Winner)।
- यू.एस.ए. (2009): इपॉक टाइम्स इंटरनेशनल फोटोग्राफी प्रतियोगिता में विजेता।
- लंदन (2009): अपर्चर लाइट वर्ल्ड फोटोग्राफी अवार्ड्स में 'फोटो ऑफ द मंथ' (मई)।
- लंदन (1999-00): कॉमनवेल्थ फोटोग्राफिक अवार्ड्स में 'हाइली कमेंडेड' पुरस्कार।
- जापान: ACCU फोटो कॉन्टेस्ट (1999) में 'उत्कृष्टता पुरस्कार' | APO फोटो कॉन्टेस्ट (2002) में 'मेरिट प्राइज'।
- अन्य सम्मान: अमेरिकन सेंटर मुंबई द्वारा पुरस्कृत |
- GHWA फोटो कॉन्टेस्ट (2007) विजेता |
- गणेश शंकर विद्यार्थी पुरस्कार (1996, फोटो पत्रकारिता)।

□ कला प्रदर्शनियाँ (Exhibitions)

- इंदौर, भोपाल, दिल्ली और उज्जैन में 6 से अधिक प्रतिष्ठित सामूहिक प्रदर्शनियों (Group Shows) में छायाचित्रों का सफल प्रदर्शन।

www.ingramcontent.com/pod-product-compliance
Lightning Source LLC
LaVergne TN
LVHW060044210926
848481LV00013B/3953
* 9 7 9 8 9 0 5 8 4 0 4 6 3 *